AQUARIUS

AQUARIUS

每個人心中都有一座島嶼，

藉文字呼息而靜謐，

Island，我們心靈的岸。

Ben, in the world

班，無處安放

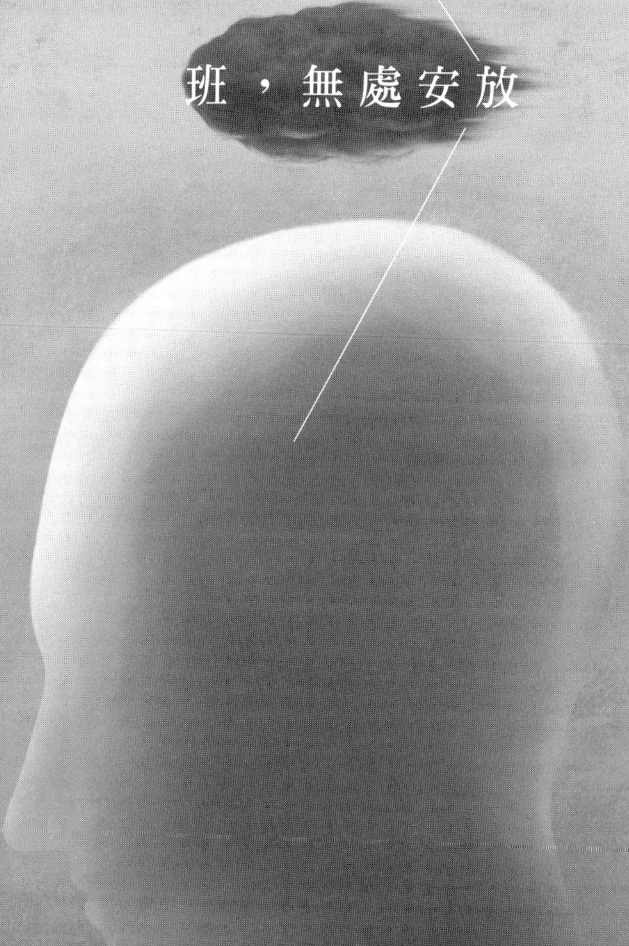

多麗絲·萊辛 Doris Lessing◎著　余國芳◎譯

經典傑作，國際好評

傑作……本書一針見血地指出英國當前的問題，也是人類共同的問題。

——《泰晤士報》

《班，無處安放》接續班・洛瓦的故事，這個類似史前人類的怪孩子，因為違反正常的完美，而飽受家人的排拒和厭惡。長大成人後，班進入了一個充滿更多現代怪物的世界：那些沒有家、沒有身分、沒有人要的人。於是外表巨大，內心有如孩子，既有殘暴的本性又極度渴望被認同和信任的他，立刻感受到創傷和威脅……

萊辛透過驚人的寫作功力，用簡單的鏡頭勾勒出人類的道德價值。在這個短短的、扣人心弦的悲劇故事中，她傳遞了一個強有力的訊息，關於愛的界限，和自私的毀滅力量，尤其點出了我們的殘忍：一心只想著生活不受那些無助的人牽絆，不為那些希望獲得悲憫善意的人拖累。

——**瑞秋・庫斯克，英國《星期日快報》**

有嘲諷也有激情，獨樹一格。欣賞《第五個孩子》的讀者們，在本書中會看到一些熟悉且更為驚心動魄的場面，《第五個孩子》中那個畸形的孩子終於有了明確的情緒和發聲的機會。

——**瓊安・史密斯，《泰晤士報》**

《班，無處安放》無論在格局、人性，或悲慘的程度上都很巨大。萊辛創造了一個怪物；她的成功在於，他不僅擬人化，跟人類一樣渴望歸屬，也為我們所愛。

——**席娜・麥凱，《每日電訊》**

緊湊，感動，充滿對生命的不確定性。

——**克莉絲汀娜・派特森，《獨立報》**

好書，有如黑珍珠般的完美無瑕。

——**《每日郵報》**

目錄

「你幾歲？」

「十八。」

回答有些遲疑，因為班害怕，他知道會發生什麼情況，隔著一層玻璃的年輕人把原子筆放在填寫的表格上，他臉上的表情是班最熟悉不過的，他在打量眼前這個客戶。他覺得有趣，有點不耐煩，但並不帶嘲弄。在他面前的是一個矮、壯，或者可以算是很健碩的一個男人——穿著一件過大的夾克——看上去起碼有四十歲。那張臉！好寬好大的一張臉，五官的線條強烈突出，咧著嘴在笑——有啥好笑的？——鼻子大，鼻孔大，兩條沙黃色的眉毛底下，一對泛綠色的眼珠，睫毛也是沙黃色。他蓄著乾淨俐落的短鬍子，跟這張臉很不相稱。頭髮也是黃色——就像他的笑容一樣，令人驚嚇，不舒服。頭髮很長，像一道斜坡似的往前搭，兩側各有一蓬超硬的髮絡，好像是故意在諷刺時下流行的髮型。最惡劣的是，他居然講著一口上流社會的腔調；他這是在作弄人嗎？辦事員沉浸在對這人入微的觀察中，因為班讓他為難，讓他生氣。他說話的口氣很暴躁，「你不可能十八。快說，你究竟幾歲？」

班沉默。他全神戒備，他清楚知道有危險了。他真希望沒來這個地方，很可能他們會拘禁他。他留意外面的聲音，確定一切如常，不會有事。幾隻鴿子在人行道的一棵梧桐樹上嘰嘰喳喳的交談，他似乎跟牠們在一起，想著牠們棲息在樹上，粉色的腳爪牢牢抓著小樹枝的樣子，他感覺自己的手指也扣緊了；陽光晒在牠們背上，牠們好滿足。屋子裡，充斥著他難以分辨的各種聲音。面前的年輕人還在等著，手裡握著原子筆不停轉弄。他邊上的電話在響。他兩旁還有好幾個年輕的男女，他們前面也有玻璃隔著。有人在使用發出嘀哩搭拉聲響的工具，有人緊盯著會出現和消失文字的螢幕。班知道這些吵雜的機器可能都對他不懷好意。他稍微朝旁邊挪了挪身子，免得被玻璃板上映出來的影像惹得心煩，也可以不要直面對著那個對他發脾氣的年輕人。

「沒錯。我是十八歲。」他說。

他知道他沒記錯。從他去看他母親到現在，已經過了三個冬季——那次他沒有留下來住，因為他討厭的哥哥保羅來了——母親在一張卡片上寫了幾行很大的字。

你的名字是班．洛瓦。

你母親的名字是海莉．洛瓦。

你父親的名字是大衛．洛瓦。

你有四個哥哥姊姊，路克、海倫、珍妮、保羅。他們都比你大。

你今年十五歲。

卡片的另一面寫著：

你出生於……

你的住址是……

這張字卡使他惱怒絕望到了極點，他從母親手中接過卡片就奪門而出。他最先塗掉的是保羅的名字。再來其他幾個姊姊的。卡片掉到地上，他撿起來看到了背面，再拿黑色原子筆把那些字也劃掉，卡片上只留下一堆劃得亂七八糟的黑線。

十五，這個數字是他最常要面對，也最常被問到的——他真心覺得。「你幾歲？」他終於知道這個數字特別重要。他記住了，過了聖誕節，這個沒有人會錯過的大節日，他就加一歲。於是，我十六了。於是，我十七了。現在，因為一連過了三個冬季，我十八了。

「好吧，你的出生年月日？」

自從用黑色原子筆憤怒地把卡片背面的字全部塗掉之後，每一天都令他更加覺得自己犯了多大的錯誤。怨憤到了最高點，他乾脆把整張卡片毀掉，反正沒用了。他知道自己的名字。他知道「海莉」和「大衛」，對於那四個恨不得他死掉的姊姊哥哥，他根本不在乎。

他不記得他哪時候生的。

他專心聽著周遭鬧哄哄的聲音，他發現這些聲音突然變大了，原來在玻璃窗口外面排隊的人群裡，有個女人對著面試她的辦事員在大呼小叫，這一鬧，原來排隊的人便也騷動起來。有些人開始嘀咕抱怨，聲音愈來愈大，像瘋狗在喊，髒話也同時出籠，渾蛋、狗屎——這都是班非常熟悉，也很害怕聽到的字眼。他覺得一陣恐懼的寒意從脖子背後一直涼到脊椎。

排在他後面的男人不耐煩了，說：「我沒有你那麼閒哪。」

「你哪時候出生的？年月日？」

「我不知道。」班說。

辦事員決定打住，把這個大麻煩往後挪，「先去查明你的出生證明。去一趟檔案局，把問題一次解決。你不知道前一任雇主，你沒有住址，你也不知道出生年月日。」

說完這些話，他的視線就從班的臉上移開，點頭示意排在後面的人上前。班筆直走出了辦公室，他覺得自己從頭到腳，全身毛髮直豎，他不知所措，害怕到了極點。外面是人行道，人來人往，小小的一條街上，擠滿了車流，路邊那棵梧桐樹下有一張長凳，幾隻鴿子在樹下活動，發出得意的咕咕聲。他坐下來，長凳另一頭的年輕女子瞥了他一眼，接著又瞥一眼，皺起眉頭，走開了，邊走還邊回頭看著他，那眼神那表情，班心知肚明。一開始她不是害怕，但再過一會兒可能就會了。她的身體表現出來的是急切的焦慮，就像在逃命。她進了一間店鋪，還在回頭看。

班很餓。他身無分文。地上有一些麵包屑，餵鴿子留下來的。他急促地把麵包屑集攏起來，一面朝四處張望：他之前就因為這個舉動被人家罵過。一個老頭走過來坐上長凳，他盯著班看了半晌，打定主意別給自己惹麻煩。他閉起眼睛。那張老臉被陽光晒得出汗。班繼續坐著，心想著他還是得回去老婦人家裡，她一定會對他很失望。是她叫他來這個機構申請失業救濟金的。一想到她，他笑了——完全不同於之前他惹惱那個辦事員的笑容。他兀自笑著，亮出藏在鬍子底下的牙齒。他看著老人醒來，擦掉淌在臉上的汗水，自言自語地看著汗水說：「怎麼了？這是怎麼了？」彷彿這汗水讓他想起什麼似的。然後，為了掩飾自己，他衝著班厲聲地說：「你笑什麼笑？」

班離開長凳和樹蔭，還有作伴的鴿子，他穿過大街小巷，走了大約兩哩路，他知道自己沒走錯。現在他到了有著許多排公寓房子的一個街區。他走向其中一棟，電梯嘶嘶作響降了下來，他想踏進去，但是拗不過對電梯的恐懼，他還是選擇走樓梯。一、二、三……十一層灰暗冰冷的樓梯，一路聽著電梯在牆壁的另一邊轟隆隆地上下碰撞。樓梯間的平台上有四扇門。他直接走向飄著濃濃肉香、令他口水直流的那個門口。他轉動門鈕，喀喀地轉兩下，退後一步，滿心期待地瞪著它。門開了。老婦人站在那裡，帶著笑。「啊，班，你來啦。」她說著，伸出手攬他進屋。他微微彎著腰站在屋子裡，迅速地向四處掃視一圈，第一眼看到的就是坐在椅子扶手上那隻大虎斑貓。那貓全身的毛都豎了起來。老婦人走過去對牠說：「好了，好了，沒事的，咪咪。」在她安撫之下，牠的驚恐解除，變成一隻溫順的小貓。老婦人再走向班，說同樣的話：「好了，班。沒事的，來坐下。」班把視線從貓咪身上移開，仍然沒有放鬆戒心，不時地朝著她的方向瞄著。

這個房間就是老婦人生活的全部。瓦斯爐上有一鍋燉肉，也就是班在樓梯間聞到的香味。「沒事了，班。」她再說一遍，她舀了兩碗燉肉，給班的一碗，邊上還多了一大塊麵包，她自己的那碗就擱在他的對面，她從自己碗裡舀了一些到貓咪的碟子裡，再把碟子擺在椅腳邊的地板上。貓咪不敢冒險：牠靜靜地坐著，兩眼死盯著班。

班坐下來，他兩隻手正準備伸到碗裡，看見老婦人對他搖頭。他便拿起湯匙，小心翼翼，規規矩矩地吃著，儘管看得出來他餓壞了。老婦人只吃了一點點，大部分時間一直看著他，等他吃完，她把剩下的鍋底全部刮出來，放在他的餐盤上。

「我沒想到你會來。」她說，那意思就是早知道她會多煮一些。「把這些抹在麵包上吧。」

班吃完燉肉，再吃麵包。這裡除了一小塊蛋糕再沒有可吃的了，她把蛋糕推到他面前，他不加理會。

現在他放輕鬆了，她慢慢地，很小心地，像對小孩子說話似的，開口問：「班，你去了那個機構嗎？」那地址是她告訴他的。

「是。」

「結果呢？」

「他們說：『你幾歲？』」

老婦人嘆了口氣，一隻手在臉上不斷地搓揉，彷彿是想要把麻煩搓掉。她知道班十八歲：因為他一直都這麼說。她信。這是他一直不斷重複的一個事實。但是她心裡明白，坐在她面前的這個人絕對不止十八歲，她也不打算再追根究柢。反正這不干我的事——管他呢，這就是她的結論。水深危險！麻煩事啊！離得愈遠愈好！

他坐在那兒，就像一隻等著挨罵的狗，咧著嘴，露著牙。她現在已經懂了，露出牙齒咧開大嘴的這副笑容，意思是害怕。

「班，你必須得回去找你母親，問她要你的出生證明。我相信她一定有的。那份證明可以解決你所有的疑難雜症。你記得怎麼走吧？」

「是，我知道。」

「好，我看你應該盡快去。明天如何？」

班的眼睛沒有離開過她的臉，把她的每一個眼神，她的嘴、她的笑、她的堅持全部看在眼裡。不止一次，她要他回家去找母親。他不想。但如果她說他必須回去……他覺得為難的是：這裡有他要的友善、溫暖、仁慈，還有這份堅持，這件事令他痛苦，惶惑，危險。班的眼睛沒有離開這張臉，這張笑容可掬的臉，此刻在他眼裡卻是世上最令他感到困惑的一張臉了。

「你要知道，班，我得靠救濟金過活。我就只有這麼點錢。我是很想幫你。要是你可以拿到一些錢——那個機構會給的——那也等於幫了我。你明白不，班？」他明白。他知道錢。在錢上面他受夠了教訓。沒錢就沒得吃。

現在，感覺上，就像她只是在要他做一件沒什麼大不了的小事，她說：「太好了，就這麼說定了。」

她站起來。「來，我給你準備了一樣挺適合你的東西。」

椅子上有一件摺疊整齊的夾克，她在慈善商店裡找來的，好不容易才找到這麼一件寬肩的外套。班身上穿的夾克不但髒而且破。

他脫下身上的夾克。新夾克跟他寬厚的胸部和肩膀很合，只是腰部太大了些。「喏，你可以收緊一點。」她幫他調整一下腰帶。另外還有一條長褲。「好了，我要你先去洗個澡，班。」

他聽話地脫下新夾克和長褲，他始終盯著她看著。

「我把新褲子先收著，班。」她說。「我還得去給你拿新的內褲和背心。」

他赤裸裸地站著，盯著她，她走到隔壁一間小浴室。他張大鼻孔，聞著水的味道。趁等待的時間，他逐一聞著房間裡的各種味道，漸漸消退的燉肉味，溫暖的親善味；麵包味，聞起來很像人身上的味道；還有一股野性的氣味——那隻貓，牠仍然死瞪著他；還有睡床的味道，床上的被子蓋住了枕頭，那又是另外一種氣味了。除了聞，他也在聽。隔了兩層牆壁的電梯寂靜無聲。天空有隆隆的聲音，他知道那是飛機，他不害怕。樓下的車聲他可是充耳不聞——他的意識裡完全排除這種聲音。

老婦人走回來，對他說：「來吧，班。」他跟著她，然後爬進水裡，蹲下身子。「坐好。」她說。他討厭要滑倒的那種感覺，不過他還是坐好了，坐在齊腰的熱水中。他閉上眼，露著牙，這次完全是聽任擺布的笑容，任由她幫他洗洗刷刷。他知道洗澡是他三不五時必須做的一件事。逃不掉的。事實上他也開始喜歡水了。

現在，班的眼睛不再盯著她的臉，老婦人這才讓自己無止境的——或者說戒不掉的好奇心盡情表露出來。

在她的一雙手底下是他結實寬闊的背部，背脊骨兩側都是流蘇式的褐色長毛，兩邊的肩膀也各有一簇濕軟的茸毛。感覺上，她就像是在幫一隻狗洗澡。臂膀上也有毛，不算太多，跟一般正常的男人差不多。他的胸部毛叢叢的一片，不過不是茸毛，那根本是一個大男人的胸膛。她把肥皂遞給他，他卻由著它滑到水裡，再胡亂去抓。她撈起肥皂，使勁地往他身上抹，再用小小的蓮蓬頭把肥皂沫沖掉。他想要跳出浴缸，她叫他坐回去，開始洗他的大腿、臀部，然後，生殖器。他對這些絲毫不覺得尷尬，所以她也不以為意。終於他可以站起來了，他大聲笑著、抖著，鑽進她準備好的浴巾裡。她喜歡聽他的笑聲：很像狗吠的聲音。很久以前她養過一隻狗，牠的吠聲就像這樣。

她把他全身擦乾，帶著一絲不掛的他回到房間，叫他穿上新內褲、新背心、慈善商店買來的襯衫，和長褲。再拿一條毛巾圍在他的肩膀上，他扭動身子表示抗議，她說：「聽話，班，一定要。」

她先修剪他的鬍子。鬍子硬得扎手，不過她還應付得來。再來是他的頭髮，這可就大不同了，他的頭髮又乾又硬又厚實。最麻煩的是頭頂的兩個旋，頭髮要是剪短了，頭皮就會露出兩個長了短毛的漩渦。所以頭頂和兩邊的頭髮留長確實有必要。她告訴他說現在新式的理髮師很厲害，會把他理得像個電影明星，他聽不懂，她再改口說：「他們會讓你看起來很帥，班，會帥到你都不認得自己。」

其實現在他看起來就很不錯，聞起來也很乾淨。

天色向晚，她照平常一個人時候的習慣：從冰箱拿出兩罐啤酒，給自己倒一杯，再給他倒一杯。他們就要開始每天晚上他最喜歡的一件事了：看電視。

不過她先找了張紙，在上面寫著：

艾倫・畢格斯太太

倫敦　郵遞區號 SE6

哈雷街11號

含羞草之家

她說：「去向你媽要你的出生證明。如果她要寄過來，那你就告訴她，只要寫由我轉交就可以了——這是地址。」

他沒有回答，只是皺著眉頭。

「你明白不，班？」

「是。」

她不知道他是真明白還是假明白，就當是吧。

他看著電視機。她站起來，去把電視打開，回座位時她特意走過貓咪身邊。「好了，咪咪，沒事啦。」那貓咪的眼睛沒有一分一秒離開過班。

這是個舒適愉快的夜晚。他似乎完全不在意自己在看什麼。偶爾她以為他看膩了，會轉換一下頻道。他特別喜歡野生動物的節目，可惜今晚一個也沒有。這是好事，真的，因為有時候他會過度興奮：她知道那激發了他野性的本能。她從一開始就知道，他一直在努力控制著她猜不透的屬於他的本能。可憐的班——她知道他確實有這個本能，不知道的是他怎麼會有，又為什麼會有。

到了睡覺時間，她幫他攤開地鋪，把毯子擺在一邊，以備萬一：通常他都不蓋被子。那貓咪，看見這個敵人睡在地板上，便跳上床緊緊偎在老婦人身旁。從這個位置她沒法看到班，但沒關係，她覺得很安全。關燈之後房間也不算太暗，因為今晚有月亮。

老婦人傾聽班的呼吸聲漸漸轉變成她所謂的，他特有的夜間呼吸。這就好像在聽故事，她覺得，故事中的那些事件、那些冒險，大概只有那貓咪才能懂。班在他的睡夢中，在逃，在追，在跟他的敵人搏鬥。她知道他不是人類：照她的說法，「不是我們的同類」。說不定他是什麼高山雪人之類的。她初次見到他，是在超市，他在探頭探腦地準備下手——實在想不出更好的字眼——他伸出手想要抓幾條麵包。當時她對他，這個野人，瞄了一眼，就此再也忘不了。他的表現是極致壓抑下的爆發，因為極度的飢餓和挫折。當她對服務員說「沒事，他跟我一起來的」時，心裡就有了數。她把剛買來當午餐的一塊派遞給他，領著他走出超市，他邊走邊吃。她帶他回家，供他吃，幫他洗澡，雖然第一次他很抗拒。她看到他對冷盤的肉特別有反應——這是很大的警訊；但她還是為了他多買一些肉。這也是他跟一般人最大的一個不同，對於肉，他永遠吃不夠。她是個老婦人，本來吃不多，這個吃一點，那個嘗一口——蘋果、乳酪、蛋糕、三明治都行。這天的燉肉純屬碰巧，她平常極少碰這類東西。

有天夜裡，他們三個都已入睡——她忽然驚醒，因為腿上有壓迫感。是班，他自己爬上床來的，他的頭靠近她的腳，他的兩條腿彎曲著。她的驚醒一方面也是因為貓咪不安的騷動。班倒是睡得很沉。標準的一副小狗躺下來想要貼近同伴的模樣，她的心好痛，她知道他寂寞。早上醒來他很難為情，覺得自己做了錯事，她說：「沒關係，班。床夠大。」床確實夠大，這床是她結婚時候買的。

她覺得他就像一隻聰明的狗，隨時在期待著獲得滿足和指令。他一點也不像貓：那是另一種的敏感。他也不像猴子，因為他緩慢沉重。他不像她熟知的任何東西。他就是班，他就是他——無論他究竟是什麼。他願意回去見他的家人，她很高興。他不愛說話，就她的推測，那應該是個富裕的家庭。他的口音跟他的外表簡直南轅北轍。他似乎很喜歡他的母親。艾倫・畢格斯認為——要是連她都能夠對班好——他的家人應該也能。萬一行不通，他又再回到她這裡，那她就會帶他到國家檔案局去查清楚他的年紀。對於這件事她困惑太久，都已經不想再費心思了。他一再重複他十八歲，她不得不信。在許多方面他確實很孩子氣，可是仔細看他的臉，看他眼睛周圍的皺紋，她甚至以為他是個中年人：雖然皺紋很細，可仍然，絕不可能出現在十八歲的臉上。她真是想得太遠了，她不知道他屬於哪個族類，總之他們很早熟，也因此，照我們一般的觀念，也會早夭。二十歲是中年，四十歲是老年，而她，艾倫・畢格斯，今年八十，才剛剛開始感覺到自己上了這個年紀。她希望她不必去檔案局，不必走這趟惱人的路程，還要排隊站著：光想著就令她厭煩不已。她在聆聽班的夢境中沉沉地睡去，醒來時發現他已走了。寫著她地址的紙條也不在了，外加她留給他的十英鎊鈔票。這一切本來就是她預期的，但她還是一手按著胸口，忐忑不安地坐了下來。自從幾個星期前，他走進了她的生活，不祥的預感也跟著進來。他只要一走，她就會一個人坐著想東想西，班去了哪裡？他在做什麼？他是不是又被人騙了？她最常聽到他說的話就是，「他們拿了我的錢——」「他們偷光了所有。」問題是，從他口中出來的訊息總是很混亂。

「哪時候的事，班？」

「夏天。」

「不是，我是說，哪一年？」

「我不知道。在農場之後。」

「那又是什麼時候？」

「我在那兒兩個冬天。」

她知道他離家的時候大約十四歲。那麼這四年多的時間他在做什麼呢？

當初他母親以為他就此遠走高飛，她想錯了。他和他那幫逃學的孩子在小鎮外的一棟空屋裡野營，以那裡為據點到處鬼混，在店裡偷東西，夜裡闖空門；週末就去附近城鎮跟地方上的年輕人在街上閒蕩，找碴打架找樂子。班是他們的頭頭，因為他強壯，他挺得住他們。這是他們的想法，但真正的理由是，他內心早已成熟，他根本是個成年人，他就像個家長，而他們依然是孩子。

這些孩子一個接一個被抓，被送進感化院，或者，回到父母身邊，回到學校。有天晚上，他站在一票打群架的小鬼頭邊上——他不打，他怕他的力道、他的怒氣——這次他認清了他是孤獨的，沒有任何同伴。有一段時間，他加入一夥年紀比較大的年輕人，只是他沒能像當初跟那票小伙子的時候那樣統率他們，反而是他們逼迫他去偷去搶。他們耍他，取笑他的上流口音。他離開了他們，流浪到西部，他在那裡碰上一群正在跟另一群對手打架的機車族，他渴望騎摩托車，可惜一直沒有學習的機會。就算只是接近，他也心滿意足，他實在太愛摩托車。這幫人進餐館酒館的時候，就利用他看管他們的摩托車。他們給他吃的，偶爾還給點小費。有天夜裡，他們的對手發現他正一個人看管七、八輛機車，就上去揍他，十二個打一個，打得他頭破血流。他那夥人回來發現摩托車都不見了，正準備動手狠打他，沒想他這個看來遲緩的蠢貨突然變成叫囂發狂的瘋漢。他幾乎要殺死其中一個人。他們聯手才把他制住，他筋骨沒傷，只是又流血又嘔吐。酒館工作的一個女孩把他帶了進去。她幫他清洗乾淨，讓他坐在角落，給了他一些吃的，讓他慢慢回過神來。他終於平靜下來，也或許是恍惚吧。

有個男的走到他面前，坐下，問他是否在找工作。班就如此這般地到了農場。他跟著馬休・葛林利走了，因為他知道從現在起，那兩幫人馬中只要有人看到他，立刻會招來同黨，再把他狠揍一頓。

農場位在一條雜草叢生、泥濘不堪的小路上，遠離所有的幹道，很容易被忽視。那房子也是，房子雖大，大部分都關著，因為屋頂嚴重漏水。這農場是二十年前三個孩子，瑪莉・葛林利，馬休・葛林利和泰德・葛林利的父親留下來的。就一個農場，沒半毛錢。他們自給自足，靠著飼養的牲畜、果樹、蔬菜園，生活過得很好。原先的好田好地一塊一塊賣給了鄰近的農民，剩下的只栽種飼料作物。每個月一次，瑪莉和馬休——現在換成瑪莉和班——都得走上三哩多的路去村子裡採買日用雜貨，和泰德喝的酒。他們非得用走的，因為那輛放在院子裡的車整個生鏽了。

每次需要拿錢買食物，繳交電費和稅單的時候，瑪莉就會對馬休說：「把牲畜帶去市場隨便賣吧。」後來那些帳單好幾個月沒人理，也沒繳。

大家都刻意忘記這個不光彩的地方：當地人一半是覺得恥辱，一半也為葛林利他們難過。大家都以「那幾個孩子」稱呼他們——然而現在他們漸漸老了——越發顯得弱智。而且又是文盲。瑪莉曾經想要嫁人，結果也沒著落。現在農場是她在負責，由她吩咐兩兄弟該做的事：去修籬笆……去清牛棚……去帶羊群剪毛……去種菜。她整天凶巴巴地盯著他們，沒辦法。所有的工作都是馬休一個人在做：泰德只管待在自己房間裡拚死命地喝酒。他不惹麻煩，可就是不幹活。馬休得了關節炎，胸部也有問題，不久粗重的活也都沒法做了。頂多只能餵餵雞，照顧一下菜園。

班有單獨一個房間，房間裡的家具少得可憐——跟他小時候住的那些舒適宜人的房間天差地別。吃不成問題，他想吃多少都行。他從白天做到黑夜，天天如此。他當然知道事情幾乎都是他在做，要是沒有他這農場就垮了。等到歐盟一聲令下，監看器不停在頭頂上兜圈子的時候，這個農場，或者其他類似的場所，很快就不存在了。這地方是個恥辱，白白浪費了一塊好土地。想要買下這座農場的人很多，大家不辭辛勞地徒步趕過來——因為馬休他們沒繳電話費，線路被切斷了——結果見到的是一個憤怒的老婦人，瑪莉。她叫這些人滾蛋，還當著他們的面把門碰上。

每當鄰近的農家問起葛林利這一家，村裡的人總是含混帶過，同村的人還是站在他們這邊，一致對抗官府和那些好事的人。真要是沒了這座農場，這兩個沒人搭理的可憐人，馬休和泰德，會落得什麼下場？十之八九，他們會去住貧民收容所。那瑪莉呢？不，還是讓這幾個可憐蟲就這樣過到老死吧。如今他們又不知從哪裡找來這麼一個像高山雪人的傢伙，不過挺能幹活的。

有一次，班跟著瑪莉去村子裡採買雜貨，有個男人攔住他說：「聽說你跟葛林利他們住一起，他們對你好嗎？」

「你要做什麼？」班問。

「他們給你多少工錢？依我看葛林利他們給的不會多。你不如跟著我吧，絕對不會吃虧。我叫湯姆・旺茲沃斯……」他重複說著他的名字，一遍一遍地說：「……附近的人都知道我的農場在哪裡。你考慮考慮。」

「他說了些什麼？」瑪莉問他，班照實告訴她。

班從沒領過薪水袋，當初上工的條件也從沒提過。之前去村子裡的時候，瑪莉給過他一兩英鎊，讓他買牙膏之類的東西。她很高興他在乎個人衛生，也喜歡他穿得乾乾淨淨。

這會兒她說：「你的工資我都幫你存著，班。你知道的。」

他怎麼會知道？這還是他頭一次聽到這句話。瑪莉認定他很笨，像她兩個兄弟一樣，可是現在她覺得有麻煩了。

「你不會離開我們吧，班？」她說。「你不管跟著誰都好不過我們。我幫你存了一小筆錢，你隨時可以拿的。」

她指著她房間裡最高的一只抽屜，取了把椅子，叫他站上去，她扶穩了椅背。抽屜裡有幾紮鈔票。對班來說，這錢已經多到超乎想像。

「都是我的？」他問。

「有一半是你的。」瑪莉說。

等他出了房間，她馬上把鈔票藏到別的位置。

他不想離開的原因是為了瑪莉，雖然他也很喜歡農場的牛和搞笑的豬。他認為瑪莉對他很好。她幫他縫補衣服，冬天給他買新毛衣，還給他吃好多肉。她從來不像對兩個兄弟那樣，對他發脾氣。

他過著別人根本猜不到的生活。他們睡得早，因為既沒有煩心的事，又沒有電視可看：泰德通常一喝醉，十點不到就呼呼大睡，瑪莉聽完廣播新聞就回房去了。等到屋子安靜下來之後，班就從他房間的窗檻翻出去，在野地樹林裡閒晃，孤獨自在地——做自己。他會抓兩隻小動物，或者小鳥來吃。他會躲在樹叢後面，一連幾個小時地看小狐狸玩耍。他會靠著樹幹坐著，聽貓頭鷹的叫聲。或者他會站在母牛身旁，一手攬著她的脖子，把臉貼著她；她身上的暖意，在她回過頭來嗅著他時，那熱呼呼甜蜜蜜，噴在他手臂和腿上的氣息，都意味著無比親切的安全感。再或者他會靠著籬笆柱子仰望夜空，清朗的夜晚他還會對著星星含糊地哼首歌，或是抬腿蹬腳地跳跳舞。有一回老瑪莉好像聽到了一點可疑的聲音，她站到窗口查看，一眼就看到了班，她輕手輕腳地躲在黑暗裡看著聽著。看得她頭皮發麻，全身發冷。可是，她何必管他在玩什麼呢？沒有他，這兒就沒人餵牲畜，沒人擠牛奶，豬隻就得住在骯髒的豬圈裡。瑪莉・葛林利對班是有些好奇，不過也還好。她自己生活中的麻煩已經夠多，哪裡還管得著其他人。班來到農場這件事，她只當是上帝對她的恩寵。

泰德喝醉酒從樓梯上摔下來，死了。接下來當然會輪到馬休，一個成天咳嗽的瘸子，想不到結果是瑪莉心臟病發。官府的人忽然好奇起來，其中一個要追究原因，問了班許多問題。班原本要說他們欠他工錢的事，可是直覺在向他喊話，危險啊——於是他逃跑了。

他在釀蘋果酒的農場摘蘋果、摘覆盆子。其他摘果子的工人都是波蘭人，而且大都是學生，由包商空運過來，儘管工時很長，這些樂天的年輕人還是忙裡偷閒地享受著美好的時光。班沉默、機警，隨時提防著。他們睡篷車，他討厭那種擁擠，加上空氣壞，每天晚上跟他們一起吃完飯，聽他們唱歌說笑之後，他就拎著睡袋去樹林裡睡覺。

採收季節結束，他存了不少錢，他很開心，因為他知道沒錢就沒路可走。有一個愛唱歌愛說笑的年輕人趁他睡覺的時候，偷走了他掛在樹上外套裡的錢。班勉強自己回到原來的農場，他想著那只抽屜裡的錢，其中有一半應該是他的，但是屋子上鎖了，牲畜也都不在了，屋子周圍長滿了螫人的蕁麻。他並不關心馬休，他很少跟班說話，除了說一些很不入耳的話，譬如那老狗死的時候——「我們要狗幹啥，有班就行了。」

他回家去找母親，不料她又搬了家。他費了不少精神才找到她的住處。那屋子，完全不像他記憶中的家。他說什麼也走不進去，因為他看見了保羅，他的怒氣，他最強的敵人，幾乎大獲全勝。

因此，他順著這條老路走回倫敦，富饒的倫敦，當然也不會虧待他。他果然找到了工作，果然又被騙上當，他失去勇氣也失去信心，然後，艾倫‧畢格斯在超市發現了餓得半死的他。

含羞草之家外面暗黑的人行道上一個人也沒有，但是班很清楚，夜裡即便是一個黑影也可以拉長到變成一個敵人，拐過街角，他幾乎一頭撞上一個滿嘴瘋話的醉漢。班轉個彎，也不看紅綠燈就跑過空蕩蕩的馬路，直到接近理治蒙街才告訴自己，該看交通號誌了，綠燈走。紅燈停。現在街道上有了行人，而且多。他繼續向前走，憑著直覺，只要他心裡沒把地圖和方向搞混就沒問題，這會兒他走上了一條大街，忽然覺得餓了。他走進一家標著「全日供應早餐」的快餐店，跟以往一樣，每到一個新的地方，他就要審慎地盯著那些隨時有可能變成危機的驚詫眼神。好在時間太早，人們還不太在意其他的事。他慢慢地、小心翼翼地吃著早餐，然後心滿意足地離開了餐館。他繼續上路，中午時分他穿過一片陽光普照的田野，走入樹林。一隻畫眉在年前殘留下的葉間穿梭。他輕而易舉地捉住牠，拔光牠的羽毛，三兩口把牠吃了。畫眉的同伴飛來查看。這兩隻小鳥，加上牠們的鮮血稍稍止住了他的口慾，他再度上路，這次走得很快，但不跑，他知道奔跑會引起人們的追趕。到達休息站，他買了瓶水，走出店門看見一輛摩托車呼嘯著停下來。班不由自主地上前，完全被它閃亮有力的車型吸引。他站在那兒咧著嘴——這是他表現開心的笑容。摩托車上的年輕人按捺住對這個長相怪異、一臉鬍碴男人的狐疑，因為他一眼就看出這是個熱愛摩托車的同好，他說：「幫我看一下。」便走進休息站。年輕人出來的時候，班正在撫摸車把，那臉上的表情反倒讓這個本來決不讓人碰觸愛車的年輕人不忍起來，他說：「上來吧。」班一躍而上，摩托車立刻啟動。

「你要去哪？」

「就前面。」班頂著風喊著。

摩托車一路呼嘯著，彈跳著，在車陣中穿來穿去，班也跟著狂吼；聽著很像是一首歌，那是勝利的歡呼聲。年輕的摩托車騎士聽著身後狂熱的喊叫，也不自覺地開始又笑又吼，然後他真的唱起了一首歌，班雖然沒聽過，也照樣跟著胡亂地唱。

摩托車駛進了小鎮，突然向左急轉彎，一下子就把那些街道拋在後面，繼續往鄉下疾駛，班大喊：「放我下來，我走錯路了。」

年輕人吼：「你怎麼不早說？」他就當著滿街的小車、大車、貨車來一個危險回轉，重新回到剛才的小鎮。「這裡嗎？」年輕人吼。班大聲回，「對。」

他站上小鎮的人行道，摩托車揚長而去，年輕人還向他比了個豎起大拇指的手勢。

班朝著既定的目標繼續前進，心裡想的還是剛才的摩托車，一口白牙從鬍子中間亮了出來，這是快樂的笑。摩托車替他省了好大一段路程，到達目的地的時間比原來預期的早了好幾個鐘頭；下午三點左右，他就來到了這條熟悉不過的街道。屋子就在前面，這棟美妙的，花園環繞的大屋和……他望著那些裝了鐵柵欄的窗戶，一股莫名的怒火竄了上來。鐵柵欄：這些柵欄曾經是針對他來的。他曾經站在那裡，用他強有力的雙拳握著它拚命搖晃，鐵柵欄文風不動，頂多是嵌在牆壁裡的鐵桿邊緣掉了一點點漆而已。他的力量顯見得多麼渺小。只是現在他的憤怒被另一種更強烈的需求趕跑了，是這個需求把他拽向這棟屋子。母親，他急於見他的母親。就因為那位老婦人的慈愛，使他想起了另外一個人的慈愛，他知道那份慈愛始終都存在：她就像那老婦人，從來沒傷害過他，是她把他從那地方救出來的……大門口跑出幾個小孩子。他不認得他們，再一想，對啊，他們早已搬家了。她母親現在當然不會在這裡。他立刻掉頭，離開了這棟曾經是家的屋子，他開始這條街那條街地打轉，像一隻嗅著氣味的狗。他尋覓的並不是氣味，而是另一棟房子，他們搬家後的那棟房子……不對，後來他們又搬過一次家，他母親寫在卡片上的就是新家的地址。他現在要去找的就是這個新家，但是對於這個新家他並不嚮往。他從來沒到過他們現在住的這棟房子。他不知從何找起：對於那裡的街道，氣味、樹叢、門戶，毫無概念。這該怎麼辦？絕望像嘶吼般刺痛著他的胸口，就在這時他忽然想起，有了，公園，她一定會在那兒。他走去小時候經常和哥哥姊姊們玩耍的小公園。正確的說法應該是，他總是看著他們玩耍，因為他們嫌他太粗暴。他不是一個人玩，就是跟著他母親。

那兒有他最熟悉的一張長椅。他母親很愛那小公園，還有那張長椅，她有時候會在椅子上坐一個下午。現在長椅上沒人。有件事班很明白，只要他在同一個地方閒晃太久，就會引起旁人的注意。他盡可能地在附近來回晃了一會，留意著旁人臉上是否又出現那種「表情」，然後找了張看得見那張長椅的凳子坐下來。他已經把那張長椅子看作是他母親專屬的位子。他等待著。又開始覺得餓了。他離開公園去找以前和他那幫兄弟經常去的簡餐店，當時他是他們那幫人裡的老大，可是簡餐店已經不在。他從販賣機買了一個夾肉餡的三明治再回公園，他看見她了，他母親拿著一本書坐在那兒。她的影子在草地上拉得長長的，幾乎延伸到他站立的位置。他心裡一遍又一遍地重複著所有想要問她的事情，她的新住址、他的實際年齡、他的出生日期，她有沒有他的出生證明？一陣甜蜜幸福的感覺像陽光般充滿他的身心。就在他準備上前發問的當口，有個人穿過草地走向她——保羅；是保羅，他最痛恨的哥哥，他小時候無時無刻不想出手把他殺死。是保羅，一個瘦高個子的年輕人，手臂很長，瘦削的兩隻手上筋骨畢露，他的眼睛——班不用看都知道：那一對淡到泛白的藍眼睛。保羅一臉笑容地看著母親。她拍拍身邊的座位，保羅坐下來，母親執起保羅的手握著。班兩眼充血，驚人的怒氣令他全身發抖。他真想一把推倒他……但是在暴怒中他仍然清楚一件事，非常清楚，因為經驗……他知道自己的很多想法、很多感覺是天理不容的。在這份怒氣、這份怨恨平息之前，他絕無可能接近他的母親，還有他的哥哥，保羅。但是他的感覺愈來愈糟，糟到他幾乎無法呼吸，瞪著血紅的眼睛，眼睜睜看著他的母親和那個老是梗在他和母親之間的騙子，惡人站了起來，母子倆一塊兒走了。班跟他們隔著好大一段距離，尾隨著。這一個決定讓他暫時收起了憤怒，只想著別讓他們瞧見。他並沒有矮下身子：這一招是進了樹林才管用，他站得很直，走得很輕，穩穩地走在這兩個人後面。不久，前面出現了一棟屋子，很大，要比他們第一次搬進去的屋子大得多。這棟房子位在花園裡，他看著他們開了大門，看著那門自動闔上，兩人走進了屋內。

班用力理出一個頭緒。他母親原先搬去住的那棟屋子確實很小。他記得她當時說：「夠我和保羅住了。」這話的意思他懂，意思就是但不包括你。至於後來又搬一次家，而且搬進比較大的房子，那表示其他人也住進來了？或者有些人回來住了？他知道大家都已成年，在他記憶中那是整個家庭的成長——所有的孩子都在一天天地長大。他心目中存在的是另外一棟屋子，那兒擠滿了孩子、大人。現在這棟房子裝不下那麼多人……他必須平靜、冷靜，不要再有殺人的念頭：他沿著這條街，轉出去，再轉回來，再轉出去，再轉回來，然而這棟新房子的面貌就像一張不友善的臉，毫無表情。

忽然他看到父親急匆匆沿著人行道走過來。只要他一抬眼就有可能看到班，可是他皺著眉，心事重重的樣子，根本沒抬頭。班知道他不能再在這裡晃了。人們會注意到他，他們隨時都在看著，即便你以為看到的只是光禿禿的牆壁和窗戶，可就是會有許多預料不到的眼睛在盯著你。他再次在這條街上打了個轉，這次他瞧見路克走進了那棟房子，他帶著一個小孩：想著路克居然做了爸爸，他一時還真不能接受。他想全家人——他的家人，都聚在這兒了。他大可以走進去說，我來啦。然後呢？他明白當初家人四分五裂就為了他，大家為了他吵得不可開交，只有母親始終挺他、支持他。是她去到那個用冰水澆他的地方，把他接回家……其他人全部只想讓他待在那裡，他們只想他死。

天色漸暗。街燈亮了。親善的夜晚來臨。夜晚不適合在屋外的人行道上流連太久。他走過這棟屋子，屋裡的燈光柔柔地照著他，像在說，進來呀，他再度回頭。他聽見很多聲音，電視裡的聲音。他大可以走進去，坐下來跟他們一起看電視。在這麼想的同時，他似乎清楚看見保羅尖叫著說他絕不能跟他待在同一間屋子裡，他也看見他父親那張隨時準備掉頭走開，對他置之不理的冷面孔。要不他直接走進去，對母親說：「請妳把我的出生證明給我。只要給了我，我立刻離開。」但是怒氣在他內心敲鑼打鼓，因為他眼裡看到的只有保羅，那個恨不得他死的傢伙。憤怒使他的手指像爪子似的勾起來；他的手指只想掐住那個細瘦的脖子，把它擰碎折斷……

他離開了，離開了他的家人，永遠地離開，痛苦慢慢平息了他的怒氣。他忽然覺得鬍子上濕濕的，這濕濕的感覺一路流到了他的下巴上。他餓得難受。他必須很小心：夜晚出沒的人不同於白天。千萬不能大意，別冒險隨便坐上餐桌……他走到麥當勞，買了一個夾大塊肉餡的漢堡，把生菜沙拉和麵包統統扔掉，邊走邊大口地嚼著。他走出了小鎮，朝著倫敦，朝著老婦人的家前進。他只剩下四鎊，也不大可能再有那麼好的運氣碰上一輛摩托車。他是那麼地孤單、難過，黑暗是他的家，夜晚是他的歸宿，黑夜裡人們的眼神不再那麼危險——只要不是跟他們處在同個房間裡。他走在鄉間小路上，頭頂的天空暗濛濛的，雲淡星稀。附近有一小片樹叢，算不上是樹林，但足夠藏身。他挨著樹叢安頓好自己，就地睡下。中間一度醒來，聽見一隻刺蝟在他腳邊聞來聞去。他只要坐起來就能抓住牠。他沒這麼做，他怕的不是手上會扎到刺，而是怕舌頭被扎到：嚼刺蝟可不像嚼小鳥。他在黎明最清涼新鮮的空氣中醒來。連一隻鳥兒也沒有：這樹叢太單薄了，他知道不久就會看到住家，他聽見了車聲。大概中午就可以到達倫敦。接下來就要開始好幾個小時戰戰兢兢的路程——他的肚子，唉，他的肚子，又在討食物吃了。飢餓威脅著他，令他痛苦不堪。這不是普通的餓：不是一片麵包一個餐包就能擺平。他需要肉，他嗅到了鮮血的味道，鮮血的腥味：然而這種餓法對他來說非常危險。經常，當他走進鮮肉鋪的時候，他的身體就充滿渴望，他的手臂就會不由自主地伸向那些肉。有一次他果真抓起一整塊肉排來啃，啃嚼的聲音引得原本背對著他的屠夫轉過身來——班拔腿就逃，沒命地逃——從那以後他再也不進這類店鋪。現在他一面走一面想，有什麼辦法可以不花四鎊就能吃到肉。

兩隻腳自動自發地把他帶到了一個工地——工地外面圍著高高的鐵絲網，他站在那裡往下看，地上都是濕濕的土堆、機器，和戴著硬殼帽子的男人。他曾經在這裡幹過幾天活，他們用他是因為他的肩膀和手臂可以扛起兩三個人才扛得動的木頭和梁柱。大夥站在一邊看著他用手推，用肩膀扛。當時他很想融入他們，跟他們一起談天說笑，可是他不知道該怎麼做。比方說，他永遠搞不懂為什麼他們覺得他說話的方式特別古怪好笑。他們看他的眼神也總是很有戒心。到了週末，發工錢的日子。這裡的人都是因著各種理由前來非法打工的，所以他們的工資比工會訂的標準至少砍掉一半。但是班賺了不少，他帶去給老婦人，她對他感到非常滿意。再過了兩個星期……丁地來了個新人，這人從一開始就找他的碴，嘲弄他，發出怪裡怪氣的叫聲。起初班不知道那些怪聲是在學他，甚至有一次這人還用力推他，那次非常危險，班站在很高的地方，底下的街道離得很遠，他兩腳騰空跨在梁柱間，當時班還是不明白怎麼回事。幸虧工頭及時大聲喝止，自那以後，班開始防著這個年輕人，這個老是咧著嘴、輕佻又愛現的紅髮小子，班盡量避開他。再過一星期。發放工錢，在平常大夥歇息和躲大雨的小棚子裡。他和紅髮小子剛好排在最後領錢，這是他的對手故意安排的，薪水袋剛剛放到班的手裡，這小子伸手搶了就跑，一面發著怪聲，兩手在自己身上亂抓，不停地一會兒蹲下一會兒跳起來：班知道這是在學猴子。他去過動物園，觀察過每個獸籠上標註的名牌，猿、狒狒、豬人、黑猩猩、雪人。動物園裡沒有雪人，也沒有黑猩猩，他對牠們一直很好奇，因為他明白他就是想找到一種跟他類似的生物。

他無助地看著工頭，希望他能保護他，卻看到他也咧著嘴在笑，再看到站在四周的人也在笑，他們手裡拿著各自的薪水袋，那表情，那笑容。他知道他不可能從他們那裡得到任何幫助。他白忙了一整個禮拜。他好想殺人，他非得離開那兒才行，他走開的時候聽見工頭在後面喊著，「星期一過來，會有好康的給你。」這話的意思，指的不是錢，而是把更重的活兒壓在他孔武有力的肩膀上，好替其他人省掉很多力氣。星期一他回到工地，先往下看著工地，兩手把著鐵絲網，彷彿他人在裡面，而不是站在工地外面，彷彿那就是個籠子，籠子裡都是跟他一起幹活的人，可是那紅髮小子不在。因為他搶了班的工錢，他不敢回來了。那一個禮拜他幹活特別慢、特別謹慎，他留意每個人的臉、每個人的眼神，盡量避開他們，只管負責扛一些對別人很吃重，對他可是輕而易舉的重擔。一週結束，他的薪水袋只有平常的一半。他知道這工資只有正規工人拿到的一半，他知道他們不合法；可是這錢只有一半的一半。工頭瞪著他。這人不是原來的工頭，原來的工頭生病了：這人前天從別的工地調過來代班。工人們又圍上來，看著他，一個個面無表情。他們似乎在期待他抱怨、發作，甚至打架；大夥的眼睛都盯著他的臂膀和拳頭。班可清楚得很：惹事只會壞事。他小心謹慎地看著四周，一張臉一張臉地望過去，他看得出他們都在等，他也看出其中有一個人同情他。這人對新來的工頭低聲說了兩句，工頭卻轉過身走開了——同時把應該給班的錢揣進了自己的口袋。

這個工地，就這個地方，一共欠了班四十鎊。嗨，原來的工頭來了。他站在那些正在拆解纜繩的工人附近。班走過去，有一兩個工人看見他，停下手邊的工作。那個幫他說話的人又對工頭說了幾句話。其實班只想拿回自己的工錢，立刻走路——他很怕這些人。他只要隨便動動手肘，或是甩一巴掌，就能撂倒一個，可是那樣一來，大家會蜂擁而上，想到這裡他不禁全身發抖，毛髮直豎。工頭考慮一會兒，側過身子，抽出一疊鈔票，數了幾張，交給班二十鎊。一夥人全都看著他，等著他出手，他什麼也沒做，就簡單地離開了。沒錯，他在這裡賺到了錢，他也希望能再多賺些。可是他如果繼續留在這兒，肯定還會發生有人搶走他的錢，工頭還是會欺騙他。他往上走，走出工地，看見那些拆解纜繩的工人還盯著他看。他走出工地，避開他們，走向含羞草之家，電梯安靜無聲，因為壞了。班跳跳蹦蹦地上樓，想著能看到老婦人，就很開心。他敲門，沒人應。

同一層樓對面那一戶的門開了，一個女人說：「她去看醫生。」她有老婦人的鑰匙，班知道她和老婦人是朋友，她經常看見班在這裡進進出出。她替班開了房門，說：

「她就快回來了。她沒說要去多久。她身體很不好。我叫她一定得去看醫生。」

走進屋裡，原本整潔的房間變得很凌亂。最明顯的，連床都是胡亂鋪就的。那貓在床上，剛剛睡醒，聳著一身毛。班也不去翻冰箱：他討厭食物冰過的味道，他也不愛吃老婦人吃的東西。他蹲在床上，不理會那貓，一個勁地看著窗外。他在等飛到陽台上的鴿子。鴿子常常會飛過來。貓咪也轉過頭來看。他們倆隔了一碼左右，誰也不看誰，兩個都在等待。通往陽台的門沒上鎖。班把門拉開一些，小小的陽台被半開的門一分為二。班和貓一動不動地等著。終於來了一隻鴿子，可惜位置不對，鴿子停在門後，過不久，又來了一隻，這次停對了……班一個箭步，鴿子到手。他拔掉鴿子的羽毛，聽見那貓發出了叫聲，每次只要有小鳥在外面或是欄杆上，貓就會發出這種暗啞的、飢餓的叫聲。班撕下一點肉，扔在地上。貓悄悄地溜出來把它吃了。他們倆的嘴上都掛著鮮血。一會兒工夫，就只剩下飛揚的羽毛和幾滴血漬。貓回進屋裡。班也一樣。這麼幾口鮮肉當然不夠，但是美味，他的腸胃也稍稍獲得了一些滿足。他看見貓瞇上了眼睛。現在牠信任他了，牠敢在他面前睡了。班挨著貓蜷縮在床上。傍晚，畢格斯太太進門的時候，這兩個人就彼此依靠著睡在她床上。

她已經把什麼都看在了眼裡，陽台上還有一些沾著血跡的羽毛，空氣裡還有不新鮮的血腥味，班和貓咪背對著背，中間只隔了幾吋而已。她很不舒服。全身難受。她的心臟在抽痛。她覺得好累：在醫生診所等了這麼長的時間，擠在一大堆抱怨吵雜的人群裡，最後只拿到幾顆藥丸。她又能指望什麼呢？——她不禁責怪自己——難道想一次就把病治好？她把包包放在桌上，把頭上的圍巾解開，就著水龍頭喝了些水。她站了一會兒，看著那張老舊的大床——看著床上的貓，和班。她躺下來，躺在床的邊邊，望著天花板上升起的暗影，天完全黑了。班發出各種聲音，睡得很不安穩。貓睡得很香很安靜——貓就是貓。

老婦人迷迷糊糊地睡下，她的心臟在身體裡痛苦地跳著。她不久就醒來，因為班醒了，他的背貼著她。

「班，」她在黑暗中說，「我不舒服。要在床上躺一兩天休息休息。」他發出一點聲音，表示他在聽。「你拿到出生證明了嗎？」班不吭氣，只嗚了一聲。「你見著你母親了嗎？」

「我見著了。在公園裡。」

她心裡有數，但還是問：「你跟她說話了嗎？」班挪到她旁邊，又再嗚了一聲。「我不知道接下來該怎麼辦，班。我很願意陪你去——陪你去拿你的出生證明，可是我身體不舒服。」

「我賺了些錢。我賺到二十鎊。」

「那撐不了多久的呀，班。」他知道她會這麼說，他也同意她的說法。

「我會再去賺。」

她沒問他怎麼個賺法。她早聽說過他在工地的事，他怎麼被人欺壓。他總是被人欺壓，可憐的班，她知道。他也知道。

到了早上，她沒下床，只是躺著，呼吸得很慢很費力。她說：「班，我要你去洗澡間，把衣服脫了，洗個澡。你身上的味道很難聞。」

班聽話照做。他從沒這麼徹底地自己洗過澡，他記得老婦人幫他洗澡的動作，他一一照著做。可是洗完了他還是得穿上那身髒衣服。

她說：「去找幾件你的舊衣服。就放在櫃子裡。把身上這套新衣放進自助洗衣機，等你回來的時候就可以再穿上了。」

他知道自助洗衣機。「你在床上睡覺，我怎麼進來呢？」

「鑰匙在桌上。去買些麵包，還有你自己吃的東西。小心一點，班。」

他懂這話的意思，就是叫他不要偷東西，別讓人逮住關進牢裡，要謹慎。

他把她吩咐的事全部辦妥。然後去小店為她買了些麵包——麵包店裡淡淡的發酵味總是令他作嘔——再為自己買了些肉，另外，也買了一罐貓食。一切都做得很妥當，他開門進來，穿上洗乾淨的衣服。時間還不到中午。

畢格斯太太坐在餐桌旁，一隻手按著身體的一側。

「幫我泡杯茶吧，班。」

他泡了茶。

「去給貓吃點東西。」

他打開買回來的貓罐頭，看著牠蹲下來吃著。

「你是個好孩子，班。」她說，淚水滿了他的眼眶，她聽見他發出類似狗吠的聲音，他是在表示對這句話的感恩和愛。除了她之外，他從沒聽過有人對他說過這樣的話。

她幾乎就要伸手去撫摸他，就像對待一隻小狗似的，但他不是狗，他不屬於這個族類。

她喝了些茶，吃了些麵包，再回床上躺著。她睡著了，貓陪著她。班穿上乾淨的衣服，渾身是勁，那是類似一種幸福的東西，就因為那一句慈愛的「你是個好孩子」。他不想睡，只是躺在自己的地鋪上打盹，他好希望她會醒過來，但她睡了一整夜，第二天清晨才醒。她再次開口要這個要那個，要茶，要蘋果，要他把貓食放在牠的碟子上。鄰居進來，看見班拿著茶杯和盤子去廚房，鄰居很滿意，因為她一直在幫班說話，對同樓層的人，還有一些在樓梯上碰見過班的人。現在她可以名正言順地說班是在照顧畢格斯太太。

她們在床邊開了一個小小的會議。鄰居很清楚，老婦人不想下床這件事是個新的狀況，往後要由誰來照顧呢？畢格斯太太實在太不舒服了，只好請鄰居幫她去領救濟金——更不好意思的是——還得請她幫忙清理貓砂盆。兩個女人都明白這些事班是做不來的——絕對做不來。即便現在那貓不會再死盯著班，牠的毛也不再會豎起來。鄰居幫畢格斯太太領了救濟金回來，把錢放在餐桌上，看著班說：「這點點錢連她和那隻貓都不夠用。」

「他一直是在用他的錢幫我買東西。」老婦人說，現在的情況兩個女人都很清楚。

「這樣也好。」鄰居說，於是她出去四處散播消息，說這個雪怪像兒子似的在照顧畢格斯太太。

時間就這麼過著，快樂的時光，班一生中最美好的一段時光，照顧這位老婦人。甚至他會去自助洗衣機清洗她的衣物和床單，把冷凍的食物煮熟了餵她吃——不過多半是他把這些食物吃完的，她幾乎什麼也吃不下。可惜這樣的好日子撐不久，他的錢很快就花到一毛不剩。如果他想繼續待在這兒，繼續跟畢格斯太太和貓一起生活，他就得去籌錢，問題是他不知道該上哪去籌錢。幫忙代領救濟金的鄰居，每次總是很刻意地不看班，他知道這是一種無言的批判。老婦人沒有任何表示，但不管是躺著、坐著，她都在昏睡，她說「班，我們來喝杯茶」的時候，一隻手總是按著心口。

他很餓，他盡可能地少吃。事實卻不能再這樣下去。他告訴她說他打算出去找份工作，她露出一絲難過的笑容。「要處處小心啊，班。」她說。班走了：在這世上他已無家可歸。

他沿著街道走著——應該說，是他的兩隻腳自動帶著他走上了這條街，走過一些戲院和小吃店——走上了平常他總是避開，或者早早就走到對街去的一條人行道上。這次他沒避開，也沒走到對街。他站在戲院外面，這兒滿滿的人潮和嘈雜的人聲令他害怕，現在他站在空蕩蕩的人行道上，看著街邊巷子裡的一個門口。這裡是個禁忌，是他不敢來的一個地方。現在是早上，打著宇宙超級租車行的小窗口還沒開，計程車要到下午才會進場。那個站在小車行外面，不斷吆喝著，「帶他們去坎伯威……瑞士別墅……諾丁丘……」的車行老闆也還沒來。班怕的就是這個人。衝著他說「滾蛋，不准再來」的，就是這個人。他的名字叫做強士頓，是麗塔的朋友。

幾個星期前，畢格斯太太還沒在超市看到他之前，他曾經走過這條人行道，跟往常一樣，他時時提防著麻煩上身，就在那時他看見那門口有個女人——那個門口就在宇宙超級租車行隔壁。她笑咪咪地看著他。他跟隨著這個笑容，跟在她後面走上窄窄的樓梯，走進了一間窮困醜陋的房間，他知道，因為他會拿記憶中他自己的家做比照，當時他在那個家裡，跟他的母親。眼前這個女的，其實只是個女孩，但是化了濃妝，還有那一對眼圈發黑的大眼睛，讓她看起來顯老。她跟他面對面地站著，一隻手開始解腰帶。

她說：「要多久？」

班完全不懂她的意思，光是站在那裡咧著一口牙——這在他是害怕的笑，不是友善——他沒答話。

「口交十鎊，全套四十鎊。」

「我沒錢。」班說。

她走上前，兩手伸進他兩邊的口袋，她這麼做出於氣惱的成分多過於期待，這個客人太荒謬太可笑了。班的性慾，一直壓抑著的，就像其他那些被壓抑著的飢餓的慾望，突然發作了，他跳起來，一把抓住她的肩膀，把她翻轉過來，抓著她彎低她的身子，她不得不靠兩手撐在床上。他撩起她的裙子，扯下她的內褲，直接從後面進入她體內，快、狠、準。他的牙啃著她的脖子，射精的一刻他發出一聲她從沒聽過的怪叫。他鬆開手，她直起身子，她甩開披在臉上的頭髮，盯著他的臉，再往下看著他的腿胯，毛茸茸的腿胯。這樣濃密的毛髮她不是沒看過——她還跟強士頓開玩笑說，有些來上她的男人簡直就像黑猩猩——只是這次，她似乎想要從這兩條強勁有力的毛腿上探出究竟，看看為什麼這個客人跟其他人這麼地不同。她的疑問、她的眼神並沒有惡意，其中某些東西反而誘使他再次抓緊她，再次把她扳倒，再次進入。他渴望性，他已經渴望很久了，就彷彿剛才沒有大戰過一回似的，他的牙又陷入了她的脖子，她又再聽見那代表勝利的怪吠聲。

「等等，」她說，「等一下。」

她推開他，他坐到床上，她坐在他對面的一張椅子上。她需要緩一緩。這經驗——等同於強暴——照理說她應該覺得生氣，對這類客人她不但生氣，而且不屑，但是這連續兩次的強暴竟令她感到很刺激，那兩隻孔武有力，緊抓著她肩膀的手，那啃著她脖子的牙齒，還有，那像怒吼似的呼嚎。她坐在那裡摸著他的齒印，竟摸不到一點傷痕。她從包包裡取出一面小鏡子，撐著脖子細看——沒有，完全沒破皮，只有丁點的瘀青，強士頓肯定會問的。

班好想在這張狹小床上躺下來，躺在她身邊睡覺。他仔細回想。當年他當那幫小混混的頭目時，那裡面也有幾個女孩子，其中一個還很喜歡他。她一直努力想要改變他的方式，她常說：「班，我們試試這樣好不好，轉過來，你這種方式很不好，好像畜生。」他確實也嘗試了，可就是做不到她的要求，他只要跟她面對面，原本狂烈的慾念馬上就冷了。到頭來——只要做這件事，就得照他習慣的方式，她生氣甚至痛恨。再試了幾次之後，她決定不再理他，耳語在女孩子之間流傳，說班很怪異，說他不正常。

這個女孩，麗塔，她知道她喜歡他，喜歡他的方式。

電話響了，也或許是敲牆壁的聲音。這是有客人上門的記號，強士頓在樓下掌控一切。她站起來，按下門鈴，對班說：「你得走了。」

「為什麼？」他說。他完全不了解狀況，只知道她喜歡他。

「因為我說你該走了。」她的口氣像在對一個孩子，她想她從來沒對哪個客人像這樣說話過。「走吧。」她又補了一句，「要是喜歡，你可以再來——記住，要早上。」她把他推出房間，他走下那道醜陋的樓梯，拉上褲子拉鍊，就跟別的男人一樣。

人行道上一個長相凶惡的高個子狠狠瞪了他一眼，之後又再看他一眼——習慣了，人們總是會對他看兩眼。

這是他第一次見到麗塔，第二天早上他又去了。而同時，她也對強士頓提到他。他們倆躺在她的小床上，抽著菸，時間已經很晚，出租小客車的營業時間結束了。他算是她的保鑣，抽一點成，但從來不會吃醋，甚至不著痕跡地挺照顧她。他仔細查看她脖子上的瘀青：齒痕很明顯。他們性交的細節他聽得很完整。那是因為她想說，他其實沒太大興趣。她說那種感覺不像是跟人類，而更像是跟某種動物。「像狗。」

「可妳喜歡他。」強士頓這句話她應該會記住，她應該明白他懂她的心思。他確實是有感而發，但不是妒忌，好奇的成分居多。

第二次的情況類似第一次。只是這次他只做了一次，她有些失望，她當然不願意承認，因為她始終認為那些尋芳客只會令她冷感。她想著他在她頭頂上發出那種勝利的呼嚎，她在他那雙多毛大手中的那份虛脫無力，還有他猛烈衝刺時候的力道——噢，太刺激了，但為時太短了。她照實地對他說。這些話可不像之前那個女學生的說法，要他臉對著臉，互相接吻之類的。他當然明白她在說什麼，至少心裡有數，於是他脫掉褲子，許她主動掌控他。因為這個動作緊接在第一次做愛之後，他就順其自然，聽著她快活的叫喊，他覺得好奇又驚奇。他很得意，因為他滿足了她。

但是另一方面，他身上一毛錢也沒有。甚至，連買一個他最愛的夾肉漢堡的錢都沒有。她給他飯錢。那是夏天，晚上他隨便找張長凳，或是走道就可以過夜。她叫他在她的小浴室裡洗澡。她幫她刮鬍子。這樣過了一個月，強士頓說話了，「太過分了吧，小麗。」

她對班已經上了癮，對他和他動物般的做愛方式，她不願意停止。她把班的事告訴了她的朋友，在隔壁一條街上，也是個妓女，還把班帶去朋友的房間，跟麗塔這裡一樣，也是骯髒又破爛。那女的也喜歡班的方式，但是班寧願跟麗塔在一起，那女的也給他一些錢當作服務費。不過那女的保鑣，也或許是男友，可不像強士頓那麼好打發，他發現之後，就對她說班絕不可以再來找她。他和強士頓很熟，兩人聯手警告並且威脅班。

班就此不再去找麗塔了，就算他走上這條街，他也會趕緊走到對面，如果看見了麗塔，他也會避開。他怕的不是挨揍，他有信心輕鬆擺平強士頓和另外那個男的，即便兩個人聯手也沒問題。他怕的是引人注意，惹出麻煩——這事萬萬不可。

再過一個星期，畢格斯太太就在超市見到了他。

這一刻，他覺得這裡是世上另一個他可以立足的地方，可以看到歡迎他的笑臉，他大著膽穿過小巷，走過宇宙超級租車行，踏上破樓梯。房門鎖著。他在這裡學會了敲門，因為她屋裡可能有別的客人，這次他卻只吼了一聲，就像公牛在怒吼，房門立刻打開，她一把拽他進去，關門上鎖。

麗塔一直在為強士頓把班趕走的事生氣。她叫他別忘了他們的協定，她有權要客人滿足她。她給班的那幾個錢跟她每天的收入相比，根本是小菜一碟。假如再發生這種情形——那他就得給她小心一點。強士頓知道這話不是無的放矢。強士頓不只是開租車行而已，她知道他在幹啥——或者說她認為她知道。只要她對警方放個話——在她，了不起就罰點錢，況且，警察跟她也很熟。她的客人裡面就有好幾個。強士頓很信任她，幾乎什麼話都告訴她。麗塔雖稱不上心地善良，至少通情達理、講義氣，還常常給他不少建議。

進去麗塔的房間不到一分鐘，兩個人就開始了，他就像一頭飢餓的野獸。然後，他忽然想起她的需求，立刻照以前的方式，讓她獲得滿足。完事後，她把他拉開，兩人一起躺在床上，「你去哪裡了，班？」

「他說我不可以再來這裡。」

「可我說你可以。早上啊。」

於是一切照舊。他每天早上來，她給他飯錢，強士頓對她反覆逼問。「妳為什麼喜歡他，小麗？我真的不懂。」

她也不懂，雖然她常常想到他。她是個沒受過什麼教育的女人——或者應該說是女孩，她比班小一點，還不到十八——關於他年齡的問題，他們從沒提起過。她以為他大概三十五歲左右：她本來就喜歡年紀大些的男人。

他們倆有一個共同點，他們自己並不知道，那就是兩人都有坎坷的童年。她從小蹺家，逃到倫敦遠離她惡毒的父母，她做賊、偷錢，租車行樓上這小房間的女孩搬走之後，她就遊說房東讓她住進來。她很得人緣。她也知道自己有這份能耐。她閱人無數，卻沒有一個像班這樣的。他遠遠超出她聽說過的，或是電視上看到過的，或是自己見識過的人。她第一次看見他赤身露體的時候，她的想法就是哇，這肯定不是人類。並不是因為他全身是毛，而是他站立的樣子，他魁梧的肩膀彎曲著——那像砲筒似的胸膛，晃動的拳頭，站得極穩、岔得極開的雙腳……這樣的人她真的從沒見過。還有，他射精時候發出的吠聲，或者說嚎叫聲，還有他睡著時候的哀鳴聲——可是，假如他不是人類，那是什麼呢？一隻擬人類的動物，她自己下結論，再自我解嘲，呵呵，我們不都一樣嗎？

強士頓不再干涉，不過他在等扭轉局面的機會。機會來了。班要求麗塔陪他去「一個領出生證明的地方」。麗塔對於打工的業界很熟悉，她問他幹麼不選擇「打零工」，工地的故事就這樣曝了光。她的第一反應是，如果有誰敢欺負班，強士頓會替他出頭——結果又行不通。她問他為什麼非要拿到出生證明，這才得知那位老婦人的事，老婦人說出生證明可以讓他領到失業救濟。「然後咧？」麗塔問，她真的太好奇了，這個一頭亂髮的腦袋瓜裡究竟在想什麼，要這些不必要的合法證件來做什麼。

麗塔到底還是告訴了強士頓，她說班想要出生證明，好讓他找一份正規的工作，或是領失業救濟。強士頓看到機會來了。下次班從麗塔的房間出來，他上前攔住了班，說：「我有話要跟你說。」班矮下身子，拳頭揪緊。「噢不是，我不是來警告你不准找小麗，我可以幫你弄到證件。」

強士頓上樓回到麗塔的房間，他們三人頭一次一起待在這個小房間裡，強士頓和麗塔並肩坐在床上，抽著菸，班坐在椅子上顯得很不自在。他不知道這是不是一個陷阱，是不是麗塔出賣了他。他努力想摸清楚狀況。

「你要是有護照就不需要什麼出生證明了。」強士頓說。

班對護照的事倒是十分清楚，他知道出國的時候都要帶著它。以前有一次，父親帶著其他幾個孩子去法國，他和母親留在家裡。他不能去，因為他沒辦法像他們那樣聽話守規矩。

他說他並不想出國，他只要帶著證明去那個辦事處——他形容，那個地方辦事的人都待在玻璃牆後面，前面排著一堆等著領錢的人。他費了好多時間才聽懂強士頓說的話。強士頓有辦法從他「會做護照的一個朋友」那兒弄到護照，至於回報，班得替他跑一趟法國，幫強士頓帶一點東西給他一個朋友，可能是去尼斯，也可能是馬賽。

「然後我就可以回來了？」

強士頓毫無鼓勵他回來的意思。他說：「你可以待在那兒，痛快地玩玩。」

班從麗塔的臉上看得出她並不喜歡這個主意，但她不說話。想到從此他口袋就有了可以秀給警察看，在工地上秀給工頭看的證件，班心動了，他跟隨強士頓到地鐵的快照機拍了五張照片，強士頓把照片全部帶走。護照到手的時候，班驚訝得不得了。護照上寫著，他三十五歲。班・洛瓦：電影演員。家住蘇格蘭某處。強士頓為了安全起見，打算由他代為保管這張護照，但是班要求先讓他帶去給老婦人看。放心，他說，馬上會帶回來。

當他站在畢格斯太太的門外，就知道屋子裡沒人：他意識到那屋裡沒了人氣。他直接跑去敲鄰居的門，他聽見貓叫聲。他再敲，鄰居終於開了門，一看見是他，就說：「畢格斯太太住院了。我把貓帶過來養。」班正要轉身下樓，她說：「你去看她她會很高興的，班。」

他嚇壞了：再沒有比醫院更令他害怕的地方了，好大的一棟建築物，裡面到處是人和吵雜的聲音，到處是危險。他記得以前跟著母親去看過醫生。醫院裡每個人都帶著那種異樣的表情。鄰居太太知道他害怕。她和畢格斯太太常談起班，她們知道他很難適應一般人的生活——就好比他寧可一層一層地走下樓，因為電梯令他心驚膽戰。

她溫和地說：「別擔心，班，我會告訴她，你來看過她。」她接著又說：「等一下……」她很快去拿了一張十鎊的鈔票過來塞進他胸前的口袋。「好好照顧自己，班。」她的語氣就跟老婦人一樣親切。

班走回麗塔的住處。他一路想著仁慈這件事，想著有些人對他真的好——照他的說法——他們是真心地待他，沒有鄙視，彷彿把他當成自己的親人一般——就是這個感覺。那麗塔呢？是的，她很好，很親切，她是喜歡他的。強士頓就不是了。他是敵人。不過現在班的口袋裡有一本護照，護照上有他的名字，有他的身分。他是班・洛瓦，他是英國人。在以前，英國只是兩個字，只是一種聲音，毫無真實感。現在他有感覺了，就像兩隻手臂似的環抱著他。

就在這段時間裡，麗塔和強士頓一直吵個不停。她說她不喜歡強士頓對班的所作所為。叫他一個人在法國怎麼辦？他不會說法文。他連對付這裡的生活都很難。強士頓用一句話結束了爭論，「妳看不出來嗎，小麗？他遲早是會被關進去的。」他指的是牢房，麗塔卻認為他意有所指。有一次他們談起班，強士頓說，遲早有一天科學家會對班出手的。麗塔驚聲尖叫，說強士頓太殘忍。她堅持班很好，只是稍微跟人家不一樣罷了。

班回到了麗塔的小房間，打斷了這場爭吵。那兩個人心裡想的都是「鐵柵欄」，兩個人看到的都是鐵籠子。強士頓才不在乎這個怪物發生什麼事，麗塔卻哭了。假如「那些人」真把班關進籠子裡，他肯定會嘶吼、嚎叫，他們肯定會打他，給他下藥，天哪，那會是怎樣的生活，那會是些怎樣的人，結局會是怎樣，她都可想而知。

班坐著，手裡拿著護照，非常不甘願地把護照交還給強士頓，他從兩道濃眉底下偷偷觀察，他知道他們倆是在為他起爭執。以前在他自己的家裡，他們一天到晚都在為了他爭吵。現在這裡不只是氣氛不對，更令他煩擾的是房間裡瀰漫著各種各樣的怪味。其中有她的，屬於女性的味道，這個味道他不介意，令他想要打架或是奪門而逃的，是強士頓身上散發出來的味道。那是一種強烈的、帶有危險性的男性氣味，每回只要強士頓站在樓下的人行道上，或是往樓梯上一站，偷聽或查看麗塔的動靜時，班都會知道。那是各種化學劑合成的味道，跟一般人類的味道大不相同，就好像車子的臭油味和外賣店裡飄出來的肉香味完全不同是一樣的道理。他真想站起來就走，可是他知道不行，事情還沒了結。感覺上麗塔好像拚命在阻止強士頓做某件事。

麗塔對強士頓說，他應該幫班找份工作，「照顧好他。」

「意思是？」

「你明白我的意思。」

「我可沒辦法阻止哪個傢伙在夜裡暗算他，或是把他推到車輪底下。他就是惹人厭嘛，小麗。妳應該很清楚。」

「說不定他可以成為你手下的一個司機？」

「嗨呀，妳作夢啊。」

麗塔一把取走班的護照，說由她來保管，就放進了抽屜。三個人一起走到停車的位置，那些計程車東一輛西一輛地和別的車子一起擠在停車格裡。

「上車。」強士頓拉開車門對著班說。班看著麗塔——這樣好嗎？——麗塔點點頭。班一坐到駕駛盤後面，他的臉立刻開心到發亮。他以為摩托車華麗的呼嘯聲已經是他今生最大的喜樂，再沒有可以超越它的東西了。現在他居然坐在駕駛盤後面，兩隻手居然可以握著它，這邊那邊地轉著。他不斷發出波樂波樂的聲音，笑個不停。

強士頓把麗塔拉過來，用肩膀推她一把，讓她站在駕駛座旁邊。他要麗塔看清楚這一幕，她看著。

「現在轉動鑰匙，班。」他說。

他並沒有指點班鑰匙在哪裡，班轉過臉看著麗塔，求她指點。麗塔彎下身子，碰了碰車鑰匙。

班摸索著，胡亂轉著，他把鑰匙往這邊一轉，車子咳了兩聲，熄火了，他再把鑰匙往那邊一轉，車子又啟動了，車子就這樣一下咕，一下咳，然後熄火。這是輛三、四手的破車，噪音嚇人又廉價，車主是個偷車的慣犯，經常為偷車進出監獄。

「再試一次。」麗塔說。她的聲音明顯在發抖，她想的是，可憐的班，他就像三歲的孩子，她還傻傻地以為他能夠勝任這份工作。班的毛手圈住車鑰匙，轉了一下，車子又發動了，班比手畫腳地開始換檔，他以為這是必須的一道手續。其實這是一輛自排車。

「好。」強士頓湊上來，指著排檔桿說：「我現在來教你怎麼做。」他一次又一次地示範。「你先把邊上這幾片東西壓緊——懂嗎？然後放開剎車——就這樣，照著做。要小心，要注意有沒有來車。」這一切顯得極其可笑；班既看不懂，也做不到。他學著把拳頭收緊，看著強士頓的手，然後把手抽回來，再向前伸到剎車附近，但是他只是擺擺樣子，實際根本做不到。這早就在強士頓的意料之中。

麗塔在哭。強士頓離開車窗，直起身子，拉開車門對班說：「出來吧。」儘管不願意，班還是聽話地下了車；他好想繼續坐在車上扮演司機的樣子。這時麗塔衝著強士頓說：「你太殘忍。我不喜歡這樣。」

她說完就進屋裡去了，不看他也不看班。強士頓也佯裝辦公室有事情要忙，儘管一個顧客也沒有，班當然跟著麗塔上樓。

現在樓上比剛才舒服得多，強士頓身上濃烈的味道沒了，就剩記憶而已。

麗塔對班說：「去不去都在你，你如果不願意，哪都不必去。」聽這口氣她似乎在生氣，其實她是在氣自己為什麼要哭。她不喜歡在人前示弱，尤其在強士頓面前。

「坐下來，班。」她說，他坐到椅子上，她在化妝，為了遮掩淚痕。她用黑綠色的眼影把眼睛畫得好大。這樣一來，客人就不會注意她的長相。她不漂亮，但是很白，近乎蒼白，因為她的身體一向很差。

「為什麼說我是電影演員？」班問。

麗塔無奈地搖頭，她真的沒辦法解釋。她知道他沒看過電影，她可以設身處地為他著想，現實對他真的太沉重了。虛假只會使事情更複雜，更難以承受。然而她不知道的是，令他真正害怕的是電影院本身：電影院裡漆黑一片，一排排隨便什麼人都能坐上去的椅子，還有那又高又亮的銀幕，亮得刺眼。

對於強士頓叫「朋友」在護照上給班安上一個演員的職稱，她倒是挺感激的。演員的工作時間不定，多半閒著沒事，她的客人裡面就有不少演員：就算失業也不是危機，最多有點煩惱而已。班長相奇特，電影明星和演員本來就與眾不同。這確實是好主意。混在電影人和音樂人裡面，班就不會顯得太突兀。可是強士頓的葫蘆裡究竟在賣什麼藥？她敢說，絕對不是什麼好事。

無論如何她必須得幫班想想辦法。現在是夏末，很快就是秋天了，接著是冬天。班已經在他最愛待的那張長凳上被警察驅離過兩次。冬天他該怎麼辦？警察都認得他了。所有那些無家可歸的遊民肯定也認得他。或許強士頓是對的：麗塔沒去過法國，但她去過西班牙和希臘，她可以想像班在西班牙的酒吧，或是希臘的餐館，都要比在倫敦的小酒店自在得多。不過強士頓哪裡會關心班的福祉，這點她清楚得很。

那天深夜，最後一批客人走了，計程車的司機們也都回家了，嚴格來說，這時候應該算是清晨，班整夜蹲縮在柯芬園市集的門口。她問強士頓對班究竟打什麼主意，聽到答案之後她氣到要打強士頓，他一把握住她的手腕說：「閉嘴。這招絕對管用，等著瞧。」

強士頓打算叫班攜帶古柯鹼——「很多很多，小麗，好幾百萬。」——帶去尼斯，不必躲躲藏藏，就放在普通的帆布袋裡，塞在衣服底下。「妳還不懂嗎，小麗？班的長相太驚人了，那些便衣只顧著看他，哪有時間管其他的事。」

「他到了那兒呢？」

「妳幹麼管那麼多？他是妳誰啊？他不過就是個雜碎。」

「我同情他。我不希望他受到傷害。」

之前提到過的「鐵柵欄」再度出籠。這幾個字呼之欲出了。

「他連飛機都應付不了，更別提行李，到了那樣一個沒人說英文的地方，他要怎麼辦？」

「我都想周全了，小麗。」他把細節做了詳細的說明。

麗塔不得不承認強士頓果然顧慮周到。她深受感動。計畫如果真的成功了，那結局就是班將會孤零零一個人待在某個陌生的國度裡。

「我不要他老是在這裡晃，人家會注意他。警察早就想找個理由叫我停業，他們不喜歡一堆計程車在這裡進進出出。我總是跟他們說，你們或許不喜歡我們，可大眾喜歡哪。要是停車空間夠大，我這兒的車子可以比現在多兩倍。他們一直容忍我，就在等一個藉口。班就像是一塊超大的活招牌：『麻煩來了』。我真怕他又跟人大打出手。有一回，有個司機說了一句什麼，班就把他撂倒了。」

「他說了什麼？」

「他叫他長毛猩猩。我制止了他們。可是——我希望妳了解，小麗。」

麗塔不得不承認這一切都合情合理。但似乎還有些別的東西：強士頓在妒忌。「好笑啊。」她說。「你從來沒妒忌過誰，怎麼會偏就妒忌他。」

他不喜歡聽這話，但最終只是無奈地咧嘴笑了笑，說：「呵，我比不上啊，是吧？比不上一隻長毛大猩猩？」

「他可沒那麼簡單。」

「聽著，小麗，我不管這些。總之對他我已經受夠了。」

強士頓的計畫，首先就是帶班去高檔的店裡，買高檔的服飾。不再去買那些慈善商店裡的二手貨。買新的牛仔褲、長褲、內衣——這都不難，問題是他的肩膀、胸部、粗壯的手臂——最後強士頓決定找一位專做訂製服的裁縫師傅，為他量身訂做合身的襯衫和外套。

「那得花多少錢哪？」麗塔問。

「我說過，這筆生意有好幾百萬的賺頭。」

「你作夢啊。」

「妳等著瞧。」

下一步，他把班帶去理髮店。班真希望老婦人現在能夠看見他：她之前說過他長得不難看，他相信。那理髮師對他頭上的兩個髮旋相當驚訝，不過理完髮還有誰會注意這個呢？

現在強士頓帶著班搭乘小飛機，在倫敦上空轉了一圈，讓他習慣飛行。剛開始班往下俯瞰時，他嚇得兩眼翻白，大聲怪叫，但是強士頓很正常地坐在他身旁，說：「你看，班，看到了嗎？那條河，你認識的那條河。再看，那是柯芬園。那是查令十字路。」班不但看到了，還把這些都說給麗塔聽。「我什麼時候可以再飛一次？」他真的想知道。

「會的，你很快會再飛一次。這次會換一架大飛機。」

同時，她想著，我可能就再也見不到你了……她喜歡他，她真的喜歡他。她會想念……她放任他，不對，是她主動求他，跟他多次做愛的感覺簡直史無前例，樂到極致。她當然知道在他的本性裡，這一切都跟柔情無關。那短暫猛烈的占有，和幾秒鐘後那副好像什麼事也沒發生過的態度之間，其實是毫無關聯的。可是，記得有一晚她讓他留宿在她那裡，他在睡夢中用鼻子蹭著她，毛茸茸的臉湊到她脖子上，他舔著她的臉、她的脖子。她猜他是喜歡她的。他問過她會不會也去法國，他在說法國的時候，他心裡是怎麼想的呢？

「那裡跟這裡是一樣的，班。」她設法向他解釋。「只是那兒有很藍很美麗的海。你知道海是什麼樣子嗎？」

他知道，他記得從前跟家人去過海邊。

「就是那個樣子的。跟這裡很像，只是那裡離海更近。」她找了幾張尼斯的海岸風景明信片，他困惑地看著：她知道他看不出個所以然。她也就不提那兒的語言不同，感覺也不同。

麗塔穿著黑色的皮衣、黑色的網襪，靠在門口看著強士頓在忙著招呼客人上車，指揮司機——這是這條人行道上，從下午三、四點到午夜十二點、凌晨一點的常態活動，人群不斷地從電影院和餐館走出來，這時她看見一個很不順眼的男人衝著強士頓走過來。看得出來強士頓很害怕。憑著她的經驗，麻煩來了：總是這樣，突然不知道從哪冒出一個人，臉上帶著一副找碴的表情，好像在說：「給我小心！」——接著事情就大條了。那人走開之後，她看見強士頓滿頭大汗，倚靠著小辦公室的櫃檯，隨手拎起桌上的一瓶酒咕嘟咕嘟地連灌了幾口。這時他看見了她，也看出她的關心，他對她說：「我們得談一談，小麗。」

那天晚上，她確定面對馬路的大門上了鎖，才讓強士頓上樓來。她半躺在床上，支著枕頭，一隻腳垂下來晃啊晃地——這是她自創的一個勾引客人的姿勢——她抽著菸，看著強士頓在椅子上煩躁地動來動去。他也在抽菸，一面抽一面就著小酒瓶不停大口灌著威士忌。帶著酒臭的菸味嗆得她猛咳。

他的過去她知道——絕大部分都知道。他十四歲逃家，離開了他的問題家庭。在少年感化院待過一陣子，之後的日子過得很辛苦，靠商店行竊和闖空門養活自己。吃過一年的牢飯。那之後他過了一陣子正常的生活，可惜一場暴力搶劫的案子又把他押回牢裡。五年前刑期服滿。長袖善舞的他，憑著在牢裡學得的伎倆和在犯罪圈子裡的名氣，起初只是幹些違法的小勾當，後來愈陷愈深，牽扯到一大堆的詐欺案，行徑愈來愈危險。計程車的生意做得相當不錯，但那只是門面而已。他會惹上麻煩她一點都不覺得意外，當他說：「我捲進去了，小麗。」她還以為只是一兩筆欠債，或是被勒索之類的。

他決定向她說出實情，在開口之前他先灌了好幾大口威士忌——已經有了幾分醉意——

麗塔端正地坐在床沿，盯著他。

「你在說什麼？你在說些什麼？」

他被一個有頭有臉的人物說動了，上證券交易所試試運氣——買期貨。那朋友對他說，穩賺不賠。只要有腦子，就有銀子。結果，他們有腦子，卻沒賺到銀子。

「你是說你欠了一百萬鎊？」

「那不算什麼，小麗。在那上頭一百萬根本不算什麼。」

「在你可是一大筆錢哪。」

「確實。」他又灌了一口酒。

「所以。你害怕再坐牢？」

「沒錯。要是籌不出錢，結局就是那樣。」

「把話說清楚了。是你欠一百萬，還是你們兩個合著欠一百萬？」

「他欠得更多。他陷得比我還要深。其實他對我不壞，讓我入股——可要是我拿不出這一百萬，他就會去告我，我就完了。」

她重新躺下去，又開始咳嗽。「該死的空氣汙染。」她說。「有時候這屋子裡都是街上飄進來的臭味，簡直不能呼吸。」那菸味反倒成了清淨空氣的藉口，她又點上一根，也扔給強士頓一根。

「好吧。」她說。「可萬一這筆古柯鹼的生意沒做成，萬一你被抓到，那不又一樣完蛋。說不定關一輩子呢。」

「是沒錯，所以非做成不可。」

「也就是說，在沒賺到錢之前，你先得還清那一百萬？」

「只要東西送到尼斯，一百萬就付清了。其餘剩下的就都歸我。」

「班什麼也拿不到？」

「噢，我不會虧待他的。」

「那我呢？」她問。「我不也在冒險嗎？」

「妳並不知道袋子裡裝的是什麼東西，小麗。這事我會辦妥的。」

「他們要是逮到班，問他這些東西從哪來的，他一定會說從我這兒。因為他跟我要比跟你來得熟，而且他信任我。所以他一定會說我這兒。」

沉默。

「他只知道是我要他帶東西去給尼斯的一個朋友。」

又是沉默。

「是我要他帶的，小麗。」

「可我也牽扯在內啊，不是嗎？班根本弄不清楚狀況，他不會說謊。我們不能指望他的。他會說出你和我兩個人。」

強士頓速戰速決地說：「妳只要告訴我，妳自己有什麼打算，小麗？妳不會真的喜歡這種生活——我聽妳說過，對不對？妳只要幫我這次，我保證讓妳脫離這種生活，永遠脫離。」

「你不會虧待我，像對班一樣？」

強士頓把身子湊過來，揮開繚繞的煙霧，對著她說——她看得很清楚——他是真心誠意的。「聽我說，我和妳一路走來——多久了，小麗？三年？我從來沒讓妳失望過——對吧？」

「對，你沒有。」

「所以？」

他繼續傾著身子，帶著深深的醉意，不顧一切地懇求著，通紅的眼睛濕濕的——是被煙燻的？還是因為淚水？

「這是好大的賭博呀。」她說。「你太冒險了。」

「我不得不，小麗。假如這次成了，我後半輩子就安穩了。」

她再度躺回床上，這次兩隻腳撐得好直，她定定地看著他，心裡想著他們兩個她真不知道該對誰比較同情。強士頓，她深知他的本性遠遠好過他外在的樣子——她知道，因為她自己就是這樣——他有一種打動人心的魅力，長得還真有點像電影明星亨佛萊．鮑嘉——當然不是現在的樣子，現在他又醉又蠢，至於班，莫名其妙被捲進這麼大的危險，就為了拯救強士頓。想到這裡，她認真起來，到底她虧欠強士頓的要比班多得多。她甚至可以說強士頓是她的男人：畢竟，除了他，她也沒別人了。確實，他一直對她很好。他說的都是實話，她確實恨極了這樣的生活，有好幾次她都想，死了之。「自己了斷總好過讓哪個性變態狂來下手。」她知道自己可能撐不了多久了。她身體很不好。皮膚很差，頭髮在沒染成淡金色之前像一蓬發黑的亂草：你只要摸一下就知道她有病。她沒盛裝打扮準備接客的時候，照見鏡子裡的自己，就會迫不及待地趕緊上妝。

她想，好吧！就算他們逮住了班，把我拖下水，也不見得會比眼前這樣的生活更糟。她決定幫強士頓。竭盡所能。

強士頓開始把機場可能出現的狀況一一地指點班。等他說完了，再由麗塔一遍又一遍地幫他複習。

所有的一切，現在都要仰仗強士頓的這位「朋友」——「我在牢裡認識的，小麗，他沒問題。」——這位朋友會和班在機場會合，一起上飛機，再陪著他到尼斯，一路照顧他。

「你付他多少錢？」

「很多。妳把一切加總起來——給班買衣服、行李、機票、護照——這些就要一百鎊——還有聯絡人理查的開銷，全部加起來。噢，還有旅館費。不過這些跟我們這趟賺的利潤相比，根本是小巫。」

「嗯，不要錢還沒到手就先花光了才好。」

「小麗，我知道妳覺得我笨頭笨腦的，不過這次一定會成功，等著瞧。」

「還得要運氣。」麗塔說。「機場有緝毒犬，他們會檢查行李的。」

「有時候會。不過他們沒那閒工夫去查那麼多尼斯的觀光客。法國的便衣也是這樣。他們多半會盯著哥倫比亞和東亞來的班機，很少會注意從倫敦來的不起眼的小飛機。」

唯獨有一件事麗塔不知道。計畫中一共有三只箱子：一只非常大，裡面塞滿了一包包的古柯鹼，上面用一層衣服蓋著，這只箱子是由櫃檯託運；另外一只裝的全是班的東西；第三只箱子隨身帶上飛機。當麗塔聽說強士頓打算在這只小箱子裡也裝滿毒品，有可能是海洛因的時候，她厲聲叫罵起來，甚至出手揍他，他不得不捉住她的拳頭。「你明知道他們會隨機抽樣檢查，他們很可能就會檢查班的隨身行李。」他安慰她，給她承諾，如果她真不放心，他就不這麼做，事實上他並沒有信守承諾：班還是帶了危險物品上了飛機。

「這整件事就是瘋狂。」麗塔不斷地說：「可憐的班——我一想到他在牢裡的樣子，太殘酷了。」

「也就是因為他的樣子太怪，事情才會成功。」

事情果然成功了。接下來好一段時間，強士頓和麗塔簡直不敢相信所有的事情會有那麼大的改變：他們現在的處境，和可能是另一種下場的差距，實在太大了。強士頓當然不會笨到把大筆的錢全部匯入銀行的帳戶，但是接下來的幾個月，大筆大筆的錢還是以不同的管道轉到他手裡。他拿出好多錢給麗塔在布萊登買了間餐館，她經營得很好。她當然可以結婚，但她不。強士頓三不五時會來看她，這樣的會面對他們彌足珍貴，因為只有他們自己才能深切體會逃過牢獄之災有多麼地驚險。

強士頓看到有個電視節目說，想要向那些式微落魄（少不得也是憤世嫉俗）的貴族買下他們的頭銜和土地是輕而易舉的事，這筆花費如今根本看不進他眼裡。買賣成功了，他搖身一變，成了莊園的主人，但不久他就開始心煩意亂，他發覺自己做錯了。他不喜歡成天無所事事。於是他又變成一家高級租車公司的老闆，專門為倫敦附近的達官顯要們開車，僱用了一批原先他認為比他身價高出好幾倍的人當司機。如今真是愜意人生，不但有了心愛的勞斯萊斯和賓士名車，更且有了受人尊重的身分地位。以後有了孩子，他會把他們送去最好的私立學校。所以，我們這部分的故事可說是有個十分圓滿的結局。

回頭說那個大賭局的早上，由麗塔為班穿著打扮——強士頓負責監督指導——班穿上量身訂做的襯衫、高檔的外套。強士頓把班送上計程車，一面叮囑司機的時候，麗塔哭了。班臨走說的最後一句話是：「我什麼時候回來？」「再說吧。」強士頓回答，麗塔別開臉，不給班看見她一臉的愧疚。

車子把他帶到希斯洛機場，雖然他一路都想吐。司機把車停在臨時停車場，找了台堆放行李的推車，一共三袋，一袋黑，一袋紅，一袋藍。他把班帶到頭等艙報到的櫃檯，遞上班的護照，再和登機證一起拿回來，櫃檯問他有沒有帶違禁品，他輕輕推了推班，再問行李是不是他自己打包的。麗塔教了他很多很多次，他一定要說是，是由他自己打包。他稍微遲疑，就想起來了。櫃檯小姐看到護照上「電影演員」幾個字，在處理他的行李和登機證時就一直盯著他看。計程車的司機，是個奈及利亞人，這趟收了好大一筆小費，他陪著班走到快速通關口，把藍色袋子的隨身行李、護照和登記證全部交到班手裡，說：「從這兒走過去。」班還在遲疑，他又輕輕推了班一把，然後站在那裡目送他走進去，他才好回報。

現在班完全單獨一個人了，他非常害怕，他的腦子拚命地轉，用力想著所有該記住的事情。他把登機證亮給機場的官員看，那人掃了一眼，再盯著他看，一直看到下一名旅客出現，分散他的注意。現在難點來了。麗塔和強士頓一再地教他該怎麼做。他們說在他前方會有一個黑色的盒子，盒子的開口處會有一些東西垂下來。他必須走近它，把他隨身的行李袋放在架子上。行李袋就會被推進盒子裡看不見，這時他就要去找那扇金屬拱門，走上前，等候指示穿過它，這時會有一個人來搜他的身，摸他所有的口袋和大腿。班當時問過，「為什麼？」他們的回答是，「只是確定一下你是不是沒事。」他們不敢提「槍」，這個字肯定會嚇到他。這個部分也正是麗塔最最害怕的，因為她知道班對於別人的觸摸會出現不可預料的反應。

那機器就在前面。班很害怕，他好想逃開。但他知道他必須向前。現在沒有人能幫他。他無助地站著，行李袋拎在手上，他後面一個男的說：「把袋子放這兒——你看。」班不動，那人主動拿起他的行李袋放在機器上。班還在猶豫，這個不知名的幫手就率先走向金屬拱門，班終於看懂該怎麼做了。

在這同時，他的隨身行李正在通過X光機的檢查。在最上層的衣物底下，夾在一包包用紙包著的，可怕的白粉之間，塞滿了各種盥洗用品、剪刀、指甲銼刀、指甲刀、刮鬍刀——全部都是會清楚顯現在螢幕上的金屬品。這是最關鍵的時刻，很可能厄運就在這一刻降臨到班和他們兩人的頭上——但願班能夠記得，萬一遭到審問，千萬不可說出麗塔或是強士頓的名字。

或許負責X光機檢查的女生很認真盡責，那負責搜身的官員卻幾乎連碰都沒有碰他。他只顧盯著班的肩膀、雄偉的胸膛，心想著，天哪！這是什麼呀？班咧嘴笑著。這不是笑，這完全是出於恐懼，可是看在官員的眼裡，那就是一般名人被認出來時慣有的笑容——他看過太多的名人了。他要是真的把手放到班的身上，他立刻就會發現班在發抖，全身冒冷汗——但他沒有，他揮揮手放行。現在班必須記住他得在X光機的出口處拿回他的隨身行李。他根本不知道這才是最最危險的一刻：他們在指導他的時候，從來不提危險兩個字。不過他的運氣太好了：「這是你的行李嗎，先生？」這句問話原來不是在對班說，而是對他後面的一個男人。班站在那兒咧著嘴，忽然，他終於明白他旁邊那個搖搖晃晃的藍色行李袋是他的，他記起了他們的指示，拎起行李袋繼續往前走……他頭暈目眩，冷得想吐。偌大的一個空間，人群，店鋪，五光十色，吵雜混亂——沒有一樣不令他害怕，他明白他必須記住，必須記住……就在他忍無可忍，快要發出無助的哀號時，忽然看到前面一張桌子後面有個人在向他招手，要他出示護照。護照就在他手上。怎麼到他手上的？他想不起來……那個官員只隨便看了一眼就又回到班的身上。這人只想著，如果他是電影明星，我怎麼從來沒看過他演的電影呢？

班離開了檢查護照的隊伍，現在他又不知道下一步該怎麼做了。他們告訴他到了這裡會有人，強士頓的一個朋友會出面找他，沒錯，這人來了，一個年輕人匆匆忙忙走上前，眼神驚恐地看著班的臉。

就在這個時間點，發生了一件超乎預料的事。強士頓——假如他在場——肯定會說：「穩了！成功！」除非真的倒楣透頂，眼看著他馬上就能到手好幾百萬鎊了。

這名接應班的年輕人抖抖身子，終於鬆了一口氣。他直接走到班的跟前，擠出一點笑容，急促地說：「我是強士頓的朋友。我叫理查。」

班說：「我好冷。我要穿毛衣。」他放下隨身行李袋，使勁地想要拉開拉鍊，才發覺上了一把小鎖。他說：「鑰匙呢？幹麼鎖起來？」

理查・蓋斯登（他這輩子用的名字可多了）昨天才從加萊（註：Calais，法國北部離英國最近的一個城市。）坐渡輪抵達倫敦，花了幾個小時聽強士頓說明今天的任務和在尼斯的後續行動。他搭地鐵到希斯洛機場，站在遠處觀察那司機和班在櫃檯報到的情形，再隨著經濟艙的旅客通過護照和海關檢查，然後就等著班出現。在等待的這段時間裡他不斷思考，強士頓果真料事如神，令他大為佩服。原先他跟麗塔一樣，對於這個計畫有著諸多的疑慮，可是看吧，過關了。

班彎著身子，使勁拉著拉鍊，拽著小鎖。很明顯地，假如班真的要使力，以他那兩隻大手絕對可以把行李袋扯開。理查滿腦子想著那裡面一包包的東西散得一地都是，安全人員全部趕了過來……

「我好冷。」班說。

那天下午很暖和，班已經在襯衫外面穿了西裝外套——時髦高檔的一件襯衫，理查看得出來。

「你不可能會冷的。」理查失控地對班下達命令。「快走吧，我們要來不及了。大家都要登機了。別為難我。」

這些話一出口，理查本能地從班身邊跳開，往後退。班顯然就要動手抓住他的手臂……班發火了。

「我要毛衣！」班大吼。「我非要毛衣不可！」

理查極害怕，好在還沒嚇昏。他努力振作自己。他們說過班有點怪……他脾氣很大……必須順著他，對他好言好語……他很單純。「不過他不是白痴，別把他當傻子。」

對於班的這些描述，經過那麼多小時和強士頓的討論，這會兒在理查似乎都派不上用場。強士頓會不會把這個叫做「脾氣」？理查緊張地四處張望。有沒有人在看？會的，如果班繼續這樣吼叫，一定會的。

如果拉鍊裂開了，如果那把小鎖彈開了……

理查喘著氣說：「聽我說，班，聽我說，小老弟。我們快要趕不上飛機了。你只要上了飛機就好了。他們會給你毯子。」

班忽然站了起來，任由那行李袋落到地上。理查不明白怎麼回事，其實是因為「毯子」這兩個字。老婦人常常說：「把這條毯子拿去，班，把自己裹好。今天晚上暖氣不大夠。」

理查發現事情有了轉機：班不再一副要殺人的樣子。接著，他又在無意中說對了話，「強士頓不希望你現在把事情搞砸。你前面都做得很好，班。你很棒。太棒了，班。」

關鍵就是這個好字。

班拎起行李袋，跟著理查沿著走廊、電動步道，走向正確的位置。一切都在預估之內：兩人混在人群中登機。到了櫃檯處，班發現他的護照、登機證都已回到自己的手中，應該是他們兩人起爭執的時候，班把護照、登機證都甩開了——當時他只顧著跟拉錬和鎖角力——這個新朋友幫他收著，現在再交還給他。他們繼續向前走，一會兒上一會兒下，一會兒轉，接著就到了一扇門口，門邊有一位面帶笑容的女性，指引他們走向頭等艙。班不知所措地站在通道裡，理查取過他的隨身行李，像扔一條蛇似的扔進了行李櫃。他對強士頓說過，無論任何情況他都不得碰觸這袋行李，萬一受審訊時，才可以推托毫不知情，現在他覺得這想法還真蠢。班坐在位子上，身上繫著安全帶，理查原本打算要一條毯子，再向班解說飛機起飛和中間的過程——告訴他飛機下方會有雲層之類的……可是班早已睡熟。

太好了，理查想著。真是鬆了一口大氣。

班一直睡到飛機降落，旅客陸續下機時才醒來。恍惚中，班幾乎忘了理查是誰。站起來的時候甚至也忘了要取下那袋貴重的行李。理查幫他把袋子拽下來，一路由他提到行李輸送帶。幾乎立刻，那只最大的——最危險的——黑色袋子出現了，緊接著，就是裝了班衣物用品的紅色袋子。

「我們什麼時候上飛機？」班問。他還在期待那次和強士頓乘坐小飛機在倫敦上空飛行的感覺。

理查沒有答腔：前頭是最後一道關口，海關，所幸他們並沒有受到刁難。不過片刻，兩人就站在了陽光下，提著行李坐上計程車。理查靠在坐椅上，閉起眼睛，想著這一路的驚險，止不住地還在發抖。他非常清楚，這純粹是運氣，即便他再佩服強士頓的神機妙算。他好想睡覺：他非常了解班一上飛機就立刻呼呼大睡，實在是緊張過了度。在計程車上，班一言不發。倒是有一件事，他的眼睛刺痛得厲害，因為海面上閃爍的陽光——起初他還不明白那一大片閃亮的藍是什麼東西，這片海和他家鄉的海邊完全不同。同時他也想吐：他一直都很討厭車子。不久他們下了車走上人行道，這裡到處都是人，理查帶領著班走到一張桌子前，拉了把椅子讓他坐下。班坐下來的樣子就像這位子是個陷阱，這椅子會像利牙似的咬住他。時間大約午後三點。他們坐在遮陽傘底下，只是傘面太小，對於班刺痛的眼睛沒什麼幫助。他只好半瞇著眼。服務生走過來，理查點了咖啡，班要了橘子水，他討厭咖啡。另外還上了蛋糕，班從來不喜歡吃蛋糕，全部由理查一個人獨享。兩人坐著，幾乎沒有任何交談。班努力試著透過半瞇的眼睛看清楚周圍明亮又喧鬧的景象。一條熱鬧的街道，一間熱鬧的咖啡館，誰也沒注意他們兩個。忽然，有個男人出現在他們桌邊，理查對著他說：「黑色和藍色的。」班看著這個像是由聲光合成的幽魂提著兩袋行李，消失在計程車上。除了班和理查，現場沒有一個人在看，不管是在人行道上閒晃的、坐在桌位上的，或者開車經過的，誰也沒去在意那兩個袋子。一袋超大，一袋不大不小，很正常，這兩袋裡的東西不久便會順著毒品的管道流向全世界。班感到很困惑。他原以為他一路提著的那藍色的袋子是他的，結果不是。那只紅色的才是他的。另外還有一件事也是到現在才發覺——起初他整個人太混亂沒辦法釐清。他四周圍的人都在大聲說話，可他一句也聽不懂。麗塔告訴過他這裡每個人都說法文，這倒沒什麼關係，強士頓的朋友是英國人，他會說英文，他會照顧他——他沒料到的是，他要坐在這個陌生國家的咖啡座上，對於周遭的一切全然無知，聽不懂也看不懂。還有剛才出現的那個來拿走行李袋的男人，他能聽懂理查說的英文，可是對計程車司機說的卻是法文。疲憊的感覺再度使他麻木到無法思考。

「大功告成。」理查說，任務圓滿達成，可喜可賀。但他知道班對所有的過程根本懵然無知。

「我帶你去飯店。」他對班說。

當初為了選住宿的飯店討論過很久。麗塔說，便宜一點的好，那裡的人比較友善——這話意有所指，指的是她自己。強士頓卻說：「不，要貴一點、好一點的飯店。高檔的飯店，他們都會說英文。廉價的飯店只會說法文。」

「到高檔的飯店他不懂得應對啊。」麗塔說，她錯了。一切進行得極為順利。班只要在飯店櫃檯簽個名，那裡的人就對他笑臉相迎，因為他是電影明星，然後一路微笑著目送他由理查帶領著去搭電梯。他在電梯口有些遲疑，因為以前的恐懼，理查直接推他進去，只有兩層樓，眨眼就到了。一進到房間，他立刻放鬆，這裡使他想起小時候，他小時候的家。也因為這樣，他趕緊看看窗戶，看它是否裝有鐵柵。他走到窗口，往外看：這裡的高度要比哈雷街，畢格斯太太住的含羞草之家的窗口低得多。他在房間裡兜了一圈，臉上不再有那副奇特的笑容，理查癱在椅子上看著他，他知道沒什麼大問題了。現在只要把班帶進浴室，教他怎麼使用蓮蓬頭和空調，然後說他要離開一會兒，很快就會回來帶班外出吃晚飯。

他讓班坐在窗口的椅子上，眺望窗外炎熱的藍天。

他打了通電話給強士頓，只簡單地說：「很順利——對，沒問題。」

強士頓聽完電話，馬上奔上樓去告訴麗塔，他忍不住想要如法炮製再來一遍：由他親自去接班回來，再造一次勝利。麗塔一把將他拉回現實。「不行，強士頓。這次純粹是運氣。」

理查回房間的時候，班在浴室裡一面玩水一面大聲嚷嚷，玩得不亦樂乎，沒想到他擦乾身子穿好衣服後，說出的第一句話竟是：「我什麼時候可以回家？」

理查帶他去很不錯的一家餐廳用餐，主要是因為他自己也想好好吃一頓：他生活過得並不好。其實他們去麥當勞就夠了。班只喝橘子汁，他說他餓，吃了一大塊牛排，薯條沙拉連碰都不碰，接著又加點一份牛排。餐後理查帶他到餐館前面的海灘看大海，喝咖啡，看歌舞秀。理查看不出班對這些有什麼感覺：他什麼都說好，但是只有在吃東西的時候最開心。

回到飯店，理查數了些錢交到班手上，他說：「你不見得需要，不過以防萬一。我明天一早就會過來。」他們交代他的任務就是幫忙班料理日常的生活作息。他把一大包錢存放在樓下飯店的保險箱，以班的名義存入。他知道，看班那漫不經心的樣子，假如讓他帶著這些錢，大概一天不到就被小偷偷光了。

理查為班規畫了各種行程，說穿了等於是在為他自己安排：他包了一輛車，帶著班前往尼斯後面一些著名的山城觀光。可是班會暈車，他們每到一個迷人的小廣場或是餐館，班都不想坐在戶外；他總是找有遮蔭的地方，即便如此，大部分時間他仍然緊閉雙眼。顯然他必須要配一副太陽眼鏡，回到尼斯，他試戴了好幾副眼鏡，都不合適。理查再帶他去找專業的驗光師，那人在檢查他眼睛的時候似乎很不安，甚至有一種不敢相信的神情，問了班好多問題。他說對於這樣「不尋常」的眼睛很難配眼鏡，還好最後班自己選中了一副。戴上墨鏡之後，班更加引人注意了，這使他更加煩躁不安，不斷地說：「換地方。不要在這裡。我不喜歡這裡。」

後來他們走過一間商店，櫥窗上映著他們的影像，他停下來，湊近去看自己。「沒眼睛了。」他自言自語地說。「沒眼睛了。我的眼睛不見了。」他慌張得急忙摘下眼鏡。「班，你看我，我也沒眼睛啦。」理查飛快摘下墨鏡，讓班看看他的眼睛，然後再把墨鏡戴上。班這才慢慢戴回墨鏡，但他還是站在原地看著自己。他看到的自己跟以前在倫敦的模樣非常不同：帥氣的西裝外套、髮型，現在更加上，被墨鏡遮掉的眼睛。

理查決定放棄原來的行程，不去海岸和鄉下，他決定配合班的喜好。問題是，他究竟喜歡什麼呢？他似乎很喜歡四處溜達，或是坐在咖啡館裡看那些聊著天閒來無事的人。其實真正吸引他的，是他們那份自在和悠閒，理查哪裡會知道呢。他只能就自己的經驗判斷，他想班可能是害怕，害怕被人跟蹤吧。班特別喜歡在海邊散步，看著海面上出沒的船隻，一會兒在這邊出現，一會兒又在那邊消失不見。他問理查，「它們去哪了？」「誰？」「那些船？」「噢，到處啊。全世界走透透啊，班。」

他看到的是班那張困惑不解的臉孔。

他喜歡用餐的時間，他喜歡牛排和水果——他只吃這兩樣，牛排和水果。他知道坐在簡餐店裡點他要吃的東西，住在飯店裡的應對也很得體，他會把自己的衣服送洗，自己到飯店的理髮廳剪頭髮、刮鬍子。有天晚上理查帶他去看裸體秀，他看得興奮不已，不停亂喊亂叫，理查不得不噓他，叫他噤聲。第二晚他還想去，他答應理查會安靜坐著，可是等到那些女孩子一上場，身上只點綴著羽毛和亮片，他就什麼都忘了，非得使勁把他按在座位上才行。理查真怕班會直接衝上舞台拉人。

班到底是什麼呢？他躺在床上，看起來很像一般人，他會用刀叉，也知道衣服要保持乾淨；他喜歡把鬍子修得很整齊，也喜歡理髮，可他就是跟一般人不一樣。

在這一星期當中，對罪犯、投機分子司空見慣的港都居民早已摸清楚理查的底細；他們認為這個看似年輕的小伙子——很可能是本地的黑手黨——長相不錯，很懂得逢迎討好，但總有一種笑裡藏刀的感覺。那個班，就難說了。大家想盡辦法要一探究竟。「他是誰啊？」有人說。「他到底是幹什麼的？」所有問題只能從理查那裡得到答案，而理查對於自己擋駕的功夫相當得意，他的答案永遠只有一句，「他是電影明星。」很快地這就成了口耳相傳的一個說法：「他很有名的。他是班・洛瓦。」

一星期過完，理查打電話給強士頓，說班還不太能自理。他必須再督導一個禮拜。強士頓並不知道他的計畫有多成功。雖然第一筆款子已經到手，為了保險起見，他還要等第二筆。他不想再多付理查一個星期的錢，他覺得這個共犯已經拿得夠多了，二十五萬鎊，雖然強士頓不久就會發現這點錢根本不算什麼。理查辯駁說，如果當時在法國海關被警察逮捕，那麻煩可就大了，他至少要坐上好幾年的牢。強士頓說事實上他沒被逮到，一切都很順利。「話不能這麼說，」理查辯駁，「事實上有這可能啊。」他就是想要再拿二十五萬。「要是沒有我，這事根本成不了。」「沒錯，不過我不缺幹這檔事的人手。」強士頓說，他堅持不肯讓步，他擔心後續可能的敲詐勒索。

對話不能再繼續了：這裡不是強士頓的租車行，而是在一個朋友的朋友的辦公室裡的電話上，即便如此，還是有可能遭到追查。

「再多一個星期又有什麼差別？」強士頓問。

「那就看你要不要他被抓了。」理查說。「他只聽我的，不然，換個人試試，如何？」

理查的周圍都是熙來攘往的車聲：他必須大聲嚷嚷。強士頓，雖然在布里克斯登後街安靜的，小到不能再小的辦公室裡，他也火冒三丈地大聲嚷著。現在最大的問題是，萬一班真的堅持要回來，也絕不能讓他找上強士頓，或是麗塔。所以最後他只好同意再追加一個星期。

理查告訴班說他們又多了一個星期的假期。

「然後我們就回家？」班問。

「你回家去幹什麼呢？你為什麼要放棄這一切？」

對理查來說，這個海岸就是有錢人的表徵。他來自英國北方的小鎮，他的歷史背景醜陋不堪：你可以說他天生就是罪犯。像強士頓一樣，他待過少年感化院，坐過牢。遇見強士頓，可以說是他生命中最走運的事。他崇拜強士頓，願意為他做任何事。當初強士頓把他送到這片蔚藍海岸並沒有太周密的計畫，只為了偷渡一輛沒有牌照的賓士車進法國，事情辦成，他就此住了下來。這裡的生活，尤其是能隨興進出那些小咖啡館和餐廳，那陽光，那海岸，那藍天，在在都讓他有如沐春風的感覺。一直以來他生活窮困，三餐不繼，但是能住在這裡，一切都值得。如今這個小癟三，因為強士頓的關係，就能賺進二十五萬鎊，他計畫用這筆錢買戶公寓，或是獨棟的小房之類的，只要能讓他繼續待在這裡，在大海邊，在陽光下。

現在多了這個班，他總是要坐在陰影底下，而且老是想著回去倫敦——理查哪裡會知道班的渴望有多強烈。

第二個星期，有一晚理查把班一個人留在飯店裡，班就自己出去溜達，沿著馬路往城裡走，走到一個門口，他停住了，有個女孩站在門口對他微笑。

她估計他是英國人，就用簡單的幾句英文跟他談好價錢，然後轉身進入她的房間。班口袋裡並沒有她索取的錢數；她開的價碼比麗塔高太多。他以為她會像麗塔一樣對他好。進了房間，那女孩仔細打量班：她確實也像麗塔那樣，很欣賞他的寬肩膀、他的強壯。她轉身褪下裙子，立刻感覺到那雙手搭上了她的肩膀，然後把她整個人往前按，他的牙齒印上了她的脖子。她拚命掙脫，一面尖吼，罵他不是人，是豬，是畜生，她使勁把他往外推，推出了門，用法文吼他，永遠不許他再上門。

班沿著原路走回飯店，心裡想著他必須找一個像麗塔的人，一個溫柔親切的女性：他太需要女人的溫暖。

理查告訴他，他們只剩下三天的時間，之後班一切就得要靠自己。他很不願意說出這句話：他並不想丟下班一個人，不單單是因為這麼做意味著伸手拿錢的好日子結束，而是他愈來愈喜歡這個人——不管他究竟是不是人。他明白他一離開，班就會出問題：

因為班對於他身邊有沒有危險毫無概念。

班說他打算回倫敦。回去的方法他都規畫好了，他只要有護照和錢，就可以叫服務台的女孩幫他訂機位：他觀察飯店其他客人都是這麼做的。

他好想見強士頓。這次他幫了強士頓一個忙。「你只要幫我這一次，班，沒錯，就是幫了我的忙。我會感激你。」這幾句話對班的效果，就等同於老太太對他說：「你是個好孩子，班。」

班忽然很想念強士頓，在他的想像中，他回去一定會大受歡迎——理查卻對他說：「班，你不了解，強士頓現在不在那裡了。」

「為什麼？那他在哪裡？」

「他離開了。他不做租車的生意了。」

這倒是真話，就算目前還未成真，也為期不遠。強士頓對他說過，「我不要他回來。我在這裡也不會待太久。再說麗塔也離開了。把這事告訴他。就說麗塔已經走了。」

理查照實告訴班，班看起來不是很開心，至少有些心神不寧。

一陣恐懼緊緊巴著他，一種痛徹心腑的感覺。他好不容易有了一個庇護的所在，一個真正的朋友——麗塔。她居然也離他而去。

忽然他想起了老婦人。他可以回去她那裡。他現在有錢了，一定會受歡迎的，甚至還可以拿錢給她去買好吃的食物。

他跟理查說他還可以去找另外一個朋友，畢格斯太太。他從皮夾裡抽出一張畢格斯太太寫的紙條。「你看，」他說，「她就住在這兒。」

「她要是有電話，你就可以打給她。」

「她有電話。」班說。「大家都有電話。」

理查認真想了想。如果班回倫敦去找這位畢格斯太太，那他就不會再去打攪強士頓了。於是他叫班在咖啡館等著——跟往常一樣——由他先撥電話給查號台。因為愛法國，或者應該說，愛這個海岸，他自然而然學會了幾句法國的日常用語，但是要查號台的小姐聽懂他說，啊，有一位畢格斯太太，在這個住址，她家裡有電話，那可是有相當的難度。最後他總算跟英國的查號台連上了線，對方說這個住址並沒有畢格斯太太這個人，當然也沒有電話。他再要求他們把電話接到含羞草之家十一號的住家，有一個婦人來接聽，她說畢格斯太太早已不住那兒。她在醫院病故了。

理查回來把畢格斯太太去世的事告訴班，班一動不動地坐著，瞪著眼，不說話。理查知道他難過，試著開導他，提議先吃午餐，再去海邊散步。

理查不知道的是，班的心情太壞，他不想說話，不想吃東西，只想坐在位子上發呆。這眼前的哀傷難過，怕是無論如何也去除不掉了。

他漸漸開始明白，如今倫敦，他的祖國，再沒有任何地方會有人對他笑臉相迎。他想念畢格斯太太的房間，他在那裡照顧過她，曾經令他感到很幸福，他也想念麗塔，她很親切，對他很好，然後他想到自己的家，只是一想到他的母親，他同時也看見了那天她坐在公園的長凳上，用手拍著邊上的空位，叫保羅坐在她的身邊。保羅，那個令他恨之入骨的哥哥，只要一想起保羅，他就興起殺人的念頭。

他不忍再想下去，想到母親他就心痛。

過後，當理查再說他應該起來出去走走的時候，他站了起來，他們沿著海灘散步，他卻什麼也看不見，只知道他的心痛到了極點，只知道他整個人變得好重，他好想就地躺下來，躺在熙來攘往，人們談笑風生的行磚道上。

他說他想躺下來。

第二天，理查——他有班房間的備份鑰匙——發現班蜷縮在床上，睜著眼，動也不動。

班已經習慣聽從理查的指令，所以理查說他該起床，他就起床，他也聽話地出來吃早餐、散步。但就是不說話，一句話也不說。

理查非離開班不可了：時候到了。他很焦躁，話說個不停：「你記得該怎麼做吧？你只要照我們平常的樣子就不會有問題的。」

班不答話。

第二天早上，理查真的要走了，他交代櫃檯的小姐，班的錢最好不要讓他一次提領出來。「有些地方他還是像個孩子。」理查說。「他沒有太多的生活歷練。」他走進房間，向班道別，班蜷縮在床上，這個凶惡到幾近殘酷的漢子只怕就要哭了出來。強士頓到底在想什麼，竟然放任這麼一個頭腦簡單的傻子在世上獨活？

理查就這樣走出了班的生命，自去找一個屬於他的小窩，自由自在地生活，不再躲躲藏藏，隨時等著法律的手搭上他的肩膀：他之所以在臨別時幾乎落淚，就是為著他們兩個在這世上有那麼一點境況相似的感觸吧。可惜計畫不如變化。用二十五萬買個小窩，沒問題，可是住進去之後，你還得付出，你得吃飯。因此理查終究又幹回犯罪的老行當。他的故事結局並不圓滿。

＊

班坐在床上，從他的墨鏡後面看著牆上那一方格子的藍。理查真的走了，到了這裡之後，理查就一直陪伴著他。老婦人也走了，還有麗塔，還有強士頓。在那個世界裡，他曾經是公園的長凳子上、人家的大門口、大大小小的火車站裡的常客，也曾經有人整夜擠著他貼著他，貼近到可以感覺到對方傳過來的體溫——然後到了早上，這人就不見了，從今往後就再也見不著他們了。他覺得自己全身都散開了似的，沒有重量，沒有歸屬，隨時可以落到地板上，或者，在房間裡四處飄蕩。好在他還能住在這兒：住房的費用都已付清，再住兩個星期沒問題。他可以成天躲在這間房間裡，他也可以到外面，去他和理查常逛的街上走走。他餓了。理查說他如果覺得外面的世界不太能適應，他可以叫客房餐飲服務，直接把吃食送到房間來，只是對班來說，凡是沒做過的事在他都是一個陷阱，都可能是圈套，都可能出錯。在大廳裡，他也會對服務台的小姐微笑答禮，他走到他最熟悉的咖啡館。服務生給他上了他愛吃的牛排和水果。理查曾經叫他練習過自己付帳，他按照服務生用英文告訴他的數目付了帳，他知道這次的錢數要比以往多出很多。然後他去市場。理查不在身邊，理查是他的擋箭牌，隔在這個又亮又吵的世界和他中間，現在，四周都是刺耳的法文，充滿著不能理解的威脅感。以前他們倆在市場裡買過水果，班用手指著葡萄，桃子，他聽不懂那女攤販在說些什麼，他伸出握著鈔票的那隻手——眼看著那些錢全部消失。他從那女人臉上得意的笑容，看著她轉過身，把那筆錢塞進口袋的樣子，他知道他受騙了。他忽然感覺周圍投射過來的異樣眼光，他知道大家在評論他；他坐下來，就像以往跟理查在一起的時候，坐在咖啡館的座位上看著周遭的人和事——他也知道他得照常點上一杯果汁，付帳——他再度起身，步履蹣跚走回飯店。他恐慌。這是他最難熬的一段時間。孤單無助的意識不斷不斷地啃噬著他，你孤單一個人了，你孤單一個人了。他覺得處處都是危險，沒錯。之前他有理查保護著，現在沒有了。

他回到飯店的房間。那天晚上他走進市區裡的貧民窟，想在這裡找一個合適的女孩，可是找不到。他打算第二天晚上再試。他好想念麗塔，現在他只想得到溫柔和親切，然而就在他準備在這蔚藍海岸展開一段漂泊的人生之前，就在他追隨那些妓女的笑容，涉入各式各樣的險境之前，出了一件事。

紐約來的一位電影導演站在飯店的服務台前，跟兩位幫忙他安排回程機票的年輕服務員閒聊。艾力克斯，一個四、五十歲的中年人，美式的作風和派頭，使他看起來頗為年輕，身材勁瘦，衣著光鮮時髦，質地昂貴。回美國對他來說等於挫敗。三年前，經過漫長的焦慮和種種危機，總算完成了一部影片，只可惜那不是他真心想拍的一部電影，因為籌不到足夠的資金。那部片子的故事內容是講一批年輕人在南美一個城市變成了罪犯和毒梟，影片引起很大的矚目，於是他的第二部電影更加受到關注。這次他要拍一部代表作，可能需要花很長的時間……確實很花時間，而且資金也愈來愈短缺。這一年來他像著了魔，瘋了似的，心中只有一個想法：怎樣的拍法，怎樣的故事？無數的構思不斷在他腦海打轉，甚至在他夢裡，帶引著他走向都市、鄉村。有時候他覺得一個點子非常好，但最後又拋開——不夠好；接著又會被另一個新的點子取代。他狂熱的程度幾乎到了看見的每個人、每條街，甚至酒吧、車站、機場，都像在暗示他可以拍成一部電影。整個世界都幻化成了電影的場景，他知道自己瘋狂得有些不太正常。將近有半年的時間，他認定他會拍一部關於地中海某個港口早年的輝煌歲月，這也就是他來到尼斯的原因。可惜沒有一件事符合他的構想，該是離開的時候了。雖然他不想離開這個海岸，離開他的夢……班從電梯出來走進大廳，艾力克斯的眼光追著他。班走向通往大街的旋轉門，停下腳步，折回來，坐上一張椅子。他咧著嘴在笑——或許是想到了什麼開心的事？艾力克斯，連續這幾個月，凡是看到任何人事物都會讓他聯想到明亮誘人的電影場景，現在他看到的是，在陰沉沉的天空下一片幽暗的山坡地，到處是亂石堆和參天老樹；他聽得見嘩嘩的水聲，忽然在小瀑布旁邊出現了一個生物，矮壯，全身是毛，肩膀寬闊，胸膛厚實，牠抬起閃著敵意的眼光看著這個異類，艾力克斯，一面發出類似狗吠的吼聲，立刻從後面的亂石堆和古樹林裡出現一群相似的生物，牠們奔上山坡躲入坡上的一個大山洞。這些生物齊聚在洞口，全神戒備地看著這個不知名物種會帶來怎樣的威脅。在牠們下方是一大片艾力克斯從沒見過的老樹林，林子四周是嶙峋的怪石。這一群到底是什麼東西——侏儒？雪人？——無論圖片或是影片上，艾力克斯都不曾見過。這些生物站在牠們的地盤上，瞪著他。最高的一個大約有五呎三、四吋，其他都很矮——或許是女性吧？因為腰部以下的毛髮太濃密，分辨不出牠們的性別。一頭粗糙的白髮披散在牠們肩膀上，個個都有鬍子和綠色的眼睛。牠們手上握著棍子、石塊，有些竟像刀子般鋒利……所有的影像消失了，艾力克斯兩眼緊盯著穿著入時的班，而班緊盯著那扇旋轉門，心裡想著，他要回倫敦，他要回去找麗塔，不管怎麼說，保險箱裡還存放著屬於他的一筆錢。可是強士頓……一想到強士頓，他臉上又出現那種恐懼害怕的笑容。班到底還是明白了，強士頓欺騙他，捉弄他，如今又把他一個人無依無靠地丟在這裡，語言不通，周圍的人在說什麼他一句也聽不懂。

艾力克斯再轉身向著服務台那幾個等著他開口發問的小姐：對於那些好奇的問題，她們早已見怪不怪。甚至已經發展出一套她們對班的看法。其中一個認為，他住過精神病院，是個有錢人，由隨扈陪同送來這裡。另一個認定，他顯然是個角力選手。第三個覺得他八成是某個實驗室裡的錯誤成品，她說班令她毛骨悚然。不過她們都很護著他，用英文跟他說話，好心提撥他，陪他進房間查看有沒有裝水果的碗盤，或是幫他找東西——有一回是去幫他找護照，那真是個虛驚一場的早上，他以為他的護照不見了。護照可是他的身分代表——沒了護照，有誰知道他叫班・洛瓦，來自蘇格蘭，三十五歲，是個電影演員？

這幾個面帶職業笑容的小姐有心衛護班，不讓這個電影導演有機可乘。這人有所圖謀、想利用班的跡象已經十分明顯，她們知道班是多麼需要人幫助。所以艾力克斯問起，「他是誰？」的時候，一個說：「倫敦來的。」另一個說：「來度假的。」只有第三個，她壓根不相信班演過電影，她也不喜歡艾力克斯，她說：「他是演電影的。」

艾力克斯說：「取消訂位。我要再待一陣子。」他直接走向班，坐下來，自我介紹。

班咧著嘴，眼神滑來滑去，很害怕，但艾力克斯的友善自在使他想起了理查，甚至想到老婦人，他擔心害怕的笑容消失，露出了真誠的微笑。艾力克斯先帶他外出用餐，之後又去上咖啡館，如此這般地過了一天又一天。一個星期過去，這段時間裡，艾力克斯腦子裡想的、眼前看到的，全都是那些侏儒形狀的東西，他一心只想要班拍這部電影。可惜的是，他沒有腳本，更嚴重的，他沒有錢。故事的構想不斷來來去去，每一個構想都占據了他所有的想像空間。他對那些奇特的生物著了魔——是人？——還是？——總之，絕不是獸，因為班的生活型態一如常人，他會用刀叉，也知道每天要刮鬍子、理髮、換乾淨的衣服——只是那些衣服已穿得有些陳舊。艾力克斯聽說了他的襯衫外套都是由強士頓為他訂製的。強士頓是誰?班說他有車子、司機,專門接送人去倫敦各地,只是現在他不在了。班對所有的事都弄不太清楚。他理解的範圍十分有限,他的好惡原則更是奇特。他談起那位老婦人,卻不愛談那隻貓,他談強士頓,卻不提麗塔,理由是一想到她,他難過。他說他以前有個家,他的父親很討厭他,他不提保羅,也不提他母親。艾力克斯・貝爾得到的結論是,班只有孤家寡人一個。如果用了他,絕不會有人來囉嗦或追究——哈,囉嗦什麼呢?他哪裡會占這個班的便宜!他一定會付給他酬勞,也一定會照顧他。所以班又有了幾件訂製的襯衫和兩件西裝外套,一件厚的,一件薄的,還有幾件絲質的高領T恤,好遮住他那毛茸茸的喉嚨和脖子。

班終於明白現在照顧他的這個朋友是想要找他拍電影:這下他成了真正的電影演員。他並不喜歡電影,電影的亮光刺眼,使他頭暈想吐。艾力克斯特地帶他進電影院,像對小孩子似的,為他嚴選了一部影片,故事性很強,驚險刺激。班坐在位子上兩眼緊閉,只偶爾睜開來看一眼,卻什麼也看不見,那刺眼的強光令他無法忍受。

艾力克斯決定帶班去眼科醫師那兒配一副眼鏡:他相信原來那副墨鏡肯定配得不

對。班喜愛黃昏暮色，從來不坐在陽光下，他的眼睛老是斜睇著。驗光師似乎也很緊張。他沒辦法跟班溝通，只好走出驗光室找艾力克斯商議，他說班的眼睛實在太特別，它們沒辦法正常適應外界的光線。驗光師的想法十分近似那位接待處的小姐，他也以為班很像是某個實驗室裡的失敗作品，只是他不便明說，怕給自己惹上麻煩。他說班戴的這副墨鏡沒有問題，只是建議不妨選擇色度稍微淺一些的鏡片。這時班的眼睛已經被折騰到不停流淚，他又咧開嘴笑——驗光師以為班可能是覺得尷尬，但艾力克斯現在已經懂得那副笑容意味著什麼。

艾力克斯聽說班預付了所有的房間費用，足夠他再住上一個星期，又聽說他在保險箱裡也還有存款，這才鬆了一口氣。小補也是補。因為他現在得想辦法籌措更大筆的經費。他打了幾個鐘頭的電話到洛杉磯、紐約，和其他拍電影的地方，最後到底說服了他上一部電影的製片。他提供給製片的不只是一個故事，而是好幾個。為了求到這筆資金，他在形容班的時候更是卯足了勁，他的口氣帶著無比的迷惑、驚奇、興奮、刺激。

現在艾力克斯必須拿出真材實料的故事了。問題是他腦子裡沒有一部電影，符合他想像中山頂洞口那一群生物的奇特場景，牠們就像站在時空的裂口——幾百萬年嗎？

——牠們隔著時空眺望艾力克斯的臉孔——會不會——他就有可能是牠們的後裔。如果真是這樣，會不會牠們的基因仍然逗留在他的體內？會不會他和班有著相同的基因？有些時候他覺得那是當然，但更多時候他認為班是個異類。艾力克斯私下會跟自己說，班不是人類，即便大部分時間他的行為舉止像個人類。但他也不是獸類。他應該是某種返祖現象。如果那群古人類只是某種動物，那班怎麼能過著人類的生活——至少，大部分時間是？

最令艾力克斯忐忑不安的是，等到影片殺青，等到一切結束，班還是班，他還是需要人照顧。目前一切沒問題。班白天跟著艾力克斯，有時候連晚上也是。艾力克斯在沿岸和山城一帶有很多朋友，他也認真帶著班參與朋友的聚會，但是過程很困難也很緊張，之後就不敢再試第二次。那麼沒有艾力克斯陪伴的晚上，班在做什麼呢？他會小心謹慎地走進市區，就像狩獵似的，去找女人。他真的找到過，只是又再一次被對方叫成畜生、豬，他別的不懂，只知道他又被拒絕了。

艾力克斯有了主意。他要回南美去拍這部電影。這次是巴西。他在當地有很多熟人，以前還在那兒拍過一部短片，導過一齣戲劇。他不打算把故事設定在北歐，雖然那裡很容易讓人聯想到侏儒、山神、巨怪、布朗尼（棕色小精靈）——和更細緻的小仙子、小妖精之類——他寧願拋開一切，往南走，深入叢林……但這只是一個想法，故事情節還沒有頭緒。他要把班帶去里約，那兒的叢林飛舞著大得像畫眉鳥似的蝴蝶，那裡的歷史古老又野蠻，比起歐洲毫不遜色——到時候所有的影像自然會在他腦子裡成形。

他把南美洲的風貌描述給班聽，他也描述了巴西和里約。他像平常一樣，不知道班究竟聽懂多少。他已養成了習慣，觀察班的笑容。他咧著嘴的笑容裡含意很多。班問他，他們是不是要坐飛機，班說他以前坐過小飛機。他形容當時在飛機上俯瞰倫敦。他看到老婦人住的地方，和強士頓上工的那條街——只是現在強士頓已經離開那兒。他沒提起從倫敦搭飛機到法國南部的過程，因為他老覺得他沒在那班飛機上。巴西很遠嗎？他問。離哪裡很遠？艾力克斯想說卻沒說出口。他為自己的作為感到內疚。好吧，他對自己承諾，他一定會把班帶回來，不管是回這裡，還是去倫敦，總之是到有朋友可以照顧他的地方。

班提領出所有剩餘的錢，兩個人飛往里約熱內盧。

事情並不如想像中的順利。他們得先搭機飛法蘭克福，再轉機到里約。班在排隊，艾力克斯排在他前面，一手拿著護照，一手提著行李袋。外面，地中海的陽光刺眼地照著窗子、車子、樹葉、雲層。班即使戴著墨鏡，依然半瞇著眼睛，他又咧著嘴在笑。說不定我就要回家了？他想著，他站在旅客登記櫃檯前，艾力克斯在他旁邊對櫃檯人員說，班要選靠窗的座位。兩人上了飛機，這次他看清楚了，確實是飛機，而且是靠窗的座位，艾力克斯坐在他身旁，這次他可以把看見的風景跟上回在倫敦坐小飛機時候看到的做比對了。雲層把飛機整個封住了，他往下看，只見白茫茫一片，又亮又刺眼。他閉上眼，往後靠，艾力克斯說：「只要一個小時就到了，班。」他指的是到法蘭克福，隨後一切又要重新來過，擁擠的人群，電動扶梯，刺眼的強光，長長的走廊，在登機門口等候，他手裡握著登機證。緊挨著艾力克斯，咧著嘴繼續笑。

艾力克斯看著這個無精打采的傢伙，真不知該如何是好。他很想用力拍拍班的肩膀——「沒事的，班，相信我。」——就在昨天，當他友善地拍了他一記，就像他對美國的朋友那樣，他竟看見班那對綠色的眼眸在抽搐，像要噴火似的暴怒，還有那兩隻拳頭……艾力克斯並不知道當時他離危險有多近，他幾乎就要被那兩條孔武有力的胳臂掐碎，被那口利牙把脖子咬斷。

班的怒氣蒙蔽了他的視線，他眼前一片血紅，拳頭隨時準備殺人——他使足了勁才壓制住這股怒火。他自己也很清楚，絕對不可以放任這怒火，可是當艾力克斯那樣用力地拍他……那深埋在他內心的不快，想到老婦人的死，強士頓和麗塔的離開，他和怒火就成了不可分的搭檔。他真不知道應該痛苦地哀嚎，或是發狂地殺人。

迂迴的走廊好長，走到盡頭才是登機門，班簡直不敢相信這是一架飛機：太大了。他幾乎一眼看不到盡頭。他很清楚他現在回不了家，雖然在他心底一直努力叫自己要克制，要明理，他告訴自己，當初說好他可以回家的，現在又被騙了，而艾力克斯就是這場騙局裡的一分子。巴西。巴西是個什麼東西？他幹麼要去那兒？他幹麼非要去拍電影？

這次他不看窗外，他知道窗外只有白雲和刺眼的白光。十一個小時的飛行——這麼長的時間，擠在這麼侷促的位子上，班該怎麼打發？他們坐的是經濟艙：艾力克斯再沒有能力亂花錢。

飲料送上來了。艾力克斯跟他說必須喝點水，班喝了點水。該不該給班吃兩顆安眠藥呢？他擔心班的新陳代謝經不起這些藥物：就像給貓咪吃人類的止痛藥或是安眠藥，很可能會受傷，甚至死亡。所幸難題自然獲得解決，班很快睡著，兩手緊抓著他最討厭的安全帶。他內在緊繃的壓力太大，大到他已無法負荷，中途他醒過一次，茫然地看了看周遭，又再沉沉地睡去。

抵達里約是在早上，無情的強光驚醒了班。他抓著自己的生殖器，掙扎著想要站起來。艾力克斯趕緊帶他上廁所，一面想著，他真像是在照顧一個小孩——他也確實有小孩，一個兒子，只是那段婚姻以離婚收場。

飯店沒問題。班熟悉得很，他站在接待處的櫃檯前面，自信十足。忽然——艾力克斯看到了一個情況，他氣自己太大意——這裡是一種新的語言，是葡萄牙文，班好不容易才習慣了法文的腔調。

「這是什麼啊？」班帶著不滿、受傷又氣憤的口氣問艾力克斯，「他們在說什麼啊？」

艾力克斯趕緊解釋。他花了好多時間向班描述巴西、里約，他告訴班那兒有多美；

有叢林、海灘，四處都看得見大海，就是沒有想到告訴他那兒的人說葡萄牙文。

艾力克斯本想一個人一間房，又怕班在這個陌生的飯店裡走失，只好兩人合住一間。反正只有一個晚上：在里約租房不難，第二天他們就搬進去住了。

艾力克斯疲累到了極點，在飛機上他沒闔過眼，隨時得看著班，現在他知道他還是得保持清醒，因為班在飛機上可是睡飽了，這會兒像一隻剛到新地方的動物，樣樣都新鮮，一會兒進浴室——試試蓮蓬頭和馬桶——一會兒開關櫥門和抽屜。他們住在飯店的高樓層，班看上看下，似乎也不在意，不過他還是不喜歡電梯。他躺上床馬上又爬起來，被時差攪得暈頭轉向的艾力克斯就這麼一直看著他。

「我餓了。」班說。

客房服務送來牛排，班把艾力克斯的一份也吃個精光。這是個生產各種甜美水果的國家，艾力克斯點了一些。班看到鳳梨樂得跟什麼似的，把果汁吃得一身都是。令艾力克斯大為感動的是，班不必他吩咐，居然自己會去洗澡，他在浴室待了很久。艾力克斯用心聽浴室裡的聲音——那叫什麼？唱歌嗎？那不知所云的嘟囔？洗澡水濺得到處都是，艾力克斯不得不進去擦乾善後。

時間才到中午。

艾力克斯開始給朋友們打電話。這個城市裡他有很多朋友，有些一起合作過舞台劇，有些在哥倫比亞和智利一起合作過電影；還有一些是朋友的朋友。他必須保持清醒。他知道，只要一睡下去，不到明天絕對醒不了。他已預訂了晚餐。趁這段空檔，艾力克斯和班可以逛逛市區。天好熱，海面上陽光閃爍，班東倒西歪地走著，緊緊抓著艾力克斯，眼睛幾乎完全閉著。艾力克斯只好帶班回去飯店，他向班解釋，之前在尼斯的時候，他們都是黃昏以後出來散步，只有一次在白天，那是個陰天。他們就坐在飯店外面的咖啡座上，喝著果汁，班整個人縮在椅子上，他沒有咧嘴傻笑——艾力克斯感到很安慰——但是他的神情十分專注，腦袋偏過來歪過去地就為了將就遮陽傘的陰影，他認真打量這些陌生人，努力試著去適應這些陌生的聲音。人群來來去去，也有坐在別的座位上的，他們和那些其他地方的人一樣，好奇地想要對班一探究竟。起初只是隨便看一眼——一眼之後，這些人的心裡似乎出現了一個大問號。於是再看第二眼，這次看的時間比較久：喔，就是一個大塊頭嘛——塊頭大，粗勇，也不是什麼罪過——可是那肩膀，該怎麼說呢，那個肩膀……不看了，突然又偷偷地飛快地瞄了第三眼。嗯，沒錯，就是壯，而且長相難看。再就是最後一次，這次是毫無掩飾的公然直視，彷彿班的怪異理所當然該接受這樣的眼光。沒錯，可是那究竟是什麼呢？我看的究竟是什麼東西呢？炎熱的下午過去，艾力克斯受盡睏乏的折磨。他再也忍不住了，直接叫班跟他一起回飯店的房間。班不想走，他喜歡待在這裡，看著，聽著，而且，還有不少的女人在衝著他微笑。

一回到房間，艾力克斯倒頭就睡，連鞋子都來不及脫。

班也上了自己的床，不過他沒躺下。他坐在床沿看著艾力克斯。自從老婦人之後，他不曾和其他人合住過一個房間，他不需要觀察她，盯著她看：麗塔允許他留宿在她家的那一夜，他因為太開心太感激，已經顧不得其他。現在，這是個男的，是這個男人把他帶來這裡，來到這個他並不想來的地方。他不喜歡艾力克斯，雖然他好像很好，很仁慈：班總覺得艾力克斯欺騙了他。

這個毫無防備的男人四仰八叉地躺著，臉向著他，眼睛微閉，彷彿在監看著他。班大可以趁這個時候把他殺了，艾力克斯根本不會知道。班能夠感覺到這一股因為痛心難過而發作的怒氣，繃緊了他的肩膀、手臂、拳頭。他大可以湊過去，一口咬住他免費送上門的喉嚨……但是班知道他不能這麼做，他必須控制自己。即使怒火已經染黑了他的雙眼，卻有另外一個聲音在對他說：「住手，絕對不可以。太危險了。他們會因此殺了你。」

班就這麼坐著，讓傷心的怒火慢慢沉澱，緊握的雙拳慢慢鬆開。

他想念起理查：回想起來，理查倒是一個真正的朋友，他真心喜歡班。

班坐了很久很久，叉著腿，拳頭擱在膝蓋上，身子往前傾，專注看著艾力克斯。他一度伸出手臂，拳頭超大的粗手臂，非常、非常貼近艾力克斯鬆垮垮攤著的臂膀。艾力克斯的兩條腿藏在牛仔褲裡，班不看也知道，兩相比較自己的腿就像大樹幹，把褲管都繃緊了。還有那張臉：相較之下那臉未免太小太細緻；在隨便扣上的襯衫底下長著一些些胸毛的胸膛清楚可見。他們倆是那麼地相似，他和這個艾力克斯，卻又那麼地不同……最明顯的一點，他可以用兩條手臂把艾力克斯掐碎，艾力克斯連動都動不了。

班站在窗邊。光燦燦的天空太耀眼，他只得往下看。他們在五樓。不像老婦人住的那麼高。人群在大樓底下走動，講著陌生的語言，說起話來含糊不清，彷彿嘴裡含著糖果似的。

電話響了。艾力克斯沒有動靜。電話繼續響著。班拿起聽筒，用英文說：「艾力克斯在睡覺。」一個女人的聲音，她聽說艾力克斯來了，要過來看他。艾力克斯醒了。班說有個叫泰瑞莎的女人要來。艾力克斯仍然很睏，但是立刻跳起來說：「啊，泰瑞莎，太棒了，太棒了。」他沖完澡，換上乾淨的衣服。時間大約六點。艾力克斯帶著班下到大廳，來的人愈來愈多，一共有十一個，大家一起前往艾力克斯和班最喜歡的一家餐館，那兒的菜色以肉類為主。

所有的人都試著跟班交談。你從哪來的？你現在要跟艾力克斯合作嗎？你演電影還是舞台劇？——之類的話題。班的回答令他們啞口無言，他的答案全部文不對題。比方說，有人問他從哪來，他說從尼斯的怡東酒店，當這位友善又好奇的人繼續追問下去，班又說他並不是蘇格蘭人，卻說不出他家鄉的地名。因此大家對班的態度雖然親切，卻很小心，盡量把他當成一般人看待。可是班知道，這群人裡真心對他親切的只有泰瑞莎：他感覺得出來。

這是標準的里約餐廳，大餐桌上早已擺放著整盤的番茄、泡菜和沾醬，不過肉類才是這兒的特色。各種各樣的腰肉、腿肉、帶骨的肉，主要還是以牛排為主，有的用盤子盛著，有的用串烤。班從來沒見過那麼多的肉，種類多量又大，他很開心，然而他心中悲傷不快的情緒太過強烈，令他無法真正釋懷。那些閒聊、擁抱更令他侷促不安，他們說葡萄牙文的時候他完全聽不懂，連英文也怪腔怪調的，很難聽懂。餐聚很快結束，他跟著艾力克斯還有另外幾個人一起坐上車。他們沿著海濱開著，月光隨著波浪起起伏伏，沿途的高樓燈火通明。他在飯店就聽說了這幾天的行程安排：這群人似乎對艾力克斯的到來非常高興，感覺就像在期待一個假期似的。

到了飯店，班脫掉衣服，也還記得要把脫下來的衣服掛在衣架上，然後像平常一樣，光著身子爬上床。他看著艾力克斯穿上睡衣：睡覺穿的衣服。就像他的父母。就像小時候的自己，可是他討厭睡衣。他倒頭就睡。

現在換成艾力克斯有樣學樣了。艾力克斯坐在床沿，湊近身子盯著班。他甚至也像班那樣伸出手臂，拽起自己睡褲的褲管和班的腿做比較，因為太熱，班把腿露在被單外面，卻自主地拉了條薄毯蓋在腰上。艾力克斯想著，班還是本能地知道要隱藏自己的私密處——這對動物來說倒是十分奇特。但他不是動物啊。如果他不是動物，那……這幾句獨白總是一再地重複著，在艾力克斯的腦子裡，不斷地，危險地重複著——在大多數人心中不也是這樣嗎？

艾力克斯睡下了。班也睡熟了。第二天早上，他們在飯店用早餐，吃了好多水果，隨後兩人便提了行李什物搬進艾利克斯租來的公寓，公寓位在濱海的一條街道上。艾力克斯在電梯裡告訴班說他們的公寓在三樓——不算太高：班仍然不喜歡電梯。公寓有兩間很大的臥房，中間隔著一間比臥房還要大的客廳。廚房不大；浴室裡有洗澡間和馬桶。班有了他自己的房間。艾力克斯覺得這事可能有些危險，但是他現在必須要有自己單獨的房間：因為，他在這裡有個女朋友，泰瑞莎。

從離開自己的家以來，班頭一次有了屬於自己的房間，他直覺地先查看窗子上有沒有鐵柵欄：並沒有。他還是有一種遭到禁閉的感覺，不斷地測試房門——不錯，他可以自由進出，他有鑰匙。這裡沒有陷阱……可是這房間，這單人床，這些大窗戶，在在都像他小時候睡的那個房間。現在是正午。艾力克斯說他有時差，班認為這話的意思就是艾力克斯生病了：他不記得自己生過病。艾力克斯一面進房間，一面說待會兒會有很多人來，等他睡醒再帶班出去買食物回來煮。班在自己的房間裡焦躁不安……從窗口望出去，只聽得到一些稀里呼嚕、含糊不清的說話聲……看對面，人來人往，也不知道他們在幹什麼。他走到客廳。客廳裡有一些雜誌，那些圖片和照片上的人都不是他的朋友，而且永遠都不會是。我要回家，他在腦子裡不斷重複默念著。回家，回家。

為了測試自己到底是不是囚犯，他走了出去，在雜音很大的老電梯裡，他竭力保持鎮定，沿著街道走到底再折回來。這條後街人不多。大家都看著他，有一個一臉殺氣的年輕男孩甚至跟蹤他。班沒有跑——他不會那麼傻，他只是快速回到他的房間，他的安全堡壘。在等電梯的時候，他知道那男孩躡手躡腳跟在他後面，矮下身子，兩眼死盯著他，那副德性班不看也知。他絕對不可以回頭，絕對不可以抓住那孩子的肩膀……就在男孩挨近身的一刻，電梯來了——他到底想幹什麼？——班進了電梯，然後把鑰匙插進公寓的大門，門開了，艾力克斯站在那裡。「噢，原來你在這兒……我還以為……」艾力克斯面帶笑容，班知道艾力克斯很不高興他這樣跑出去。艾力克斯問他想不想再去飯店外面的露天咖啡座，班說好，他願意。他們倆就坐在那裡吃著三明治喝著果汁，看著五顏六色的人種，黑色的、土黃色的、淺咖啡色的、白色的，在他們眼前走過。有很多女孩子，有些女孩幾乎像是沒穿衣服。咖啡座上也有不少女孩，有的結伴，有的落單。班忍不住心癢癢地一直看著她們。他想念麗塔，想著她當時那麼樣喜歡他。艾力克斯叫他要小心，這些女孩通常都有護花使者。「就像強士頓。」班的這句話，讓艾力克斯對強士頓又多了另一層的看法。「他拿她的錢嗎？」他問。「她從來不跟我要錢，」班說，「她喜歡我。」「你會發現這些女孩會向你要很多很多錢。」

一切都很美好，坐在遮陽傘底下看著過往的行人，艾力克斯不時跟幾個朋友打招呼，再買了些食物，班幫忙他提回他們的住處。艾力克斯下廚，班說他可以做幫手，他會做菜——他想的是他為老婦人做的吐司、麥片粥和一些雜食，他很快就看出這些料理困難多了。班坐在客廳，聞著香料和煮熟的肉味，過不久來了一大堆人，他看著他們互相親吻，摟摟抱抱；大家嘰嘰呱呱地說個不停，每個人的牙齒都閃閃發光。外面的天色全暗了。這裡的夜晚跟尼斯的很不一樣：燠熱，緩慢，還不時聞到強烈的海水味。其中有些人昨晚就見過，但是每到一個客人，艾力克斯就會說：「這是班，我們要合作拍一部電影。」他們也都會說：「你好嗎？（Como vai?）」「歡迎。」「哈囉。」可是每個人都報以他最熟悉的一種眼光：驚訝好奇，之後就很謹慎地盡量不去看他，即使不小心被他發現，他們也只當他沒有看到。飯菜上桌了，一盤盤堆得好高，每個人的杯子裡都斟滿了酒，房間裡到處是酒瓶。人聲沸騰，熱鬧得不得了，他們說的話班多半聽不懂，甚至連他們講的英文也是。他們滿嘴的計畫，他也在他們的計畫之中。又吃，又喝，又高談闊論，就這樣持續到深夜。

班在這間臥房睡得很淺，因為這房間使他想起他的老家，他一早就醒了。他不敢出門，害怕又碰到像上回那樣跟蹤他的殺手男孩。他吃著水果，望著窗外。艾力克斯睡到很晚才起床，他進客廳，泰瑞莎跟著他一起：班昨晚真沒注意到這女人跟著艾力克斯一起回房睡覺。

她很友善，很勤快，幫他做吃的，榨果汁，看他悶不吭聲地坐著，她會用她的破英文關心他。「你在想什麼，班？」「你喜歡這個嗎，班？」「要不要我幫你拿什麼？」他非常喜歡她，可是他知道她是屬於艾力克斯的。

日子就這麼慢慢吞吞地過著，班睡覺的時間很多，因為無聊。每天晚上都是一大堆人，鬧哄哄地來，高聲談笑，他們彼此用葡萄牙文交談，對艾力克斯和班就說那怪腔怪調、很難聽懂的英文。他們也會帶食物過來，只是偶爾。班總是坐得遠遠地看著他們。他很想了解，為什麼他們明明那麼不同，卻能夠那麼容易地混在一起，就好像根本不覺得彼此有什麼不同似的。他們大部分都是很光滑的黑皮膚、黑眼睛，和艾力克斯剛好形成強烈對比。他蒼白、清瘦，髮色很淺，衣服褲子、襯衫不是淺藍就是全白，連眉毛都是淺淡的顏色，只是那張臉表露了他已不再年輕：那眼睛底下都是皺紋。他四十歲，比班護照的年齡大五歲。到這兒來的人其實沒有一個像班的實際年齡那麼年輕，十八歲。想到這件事真叫人困惑，他知道自己看起來不像一般十八歲的男孩：他沒有那樣年輕的面孔。但每當他想到自己的年齡、自己的模樣，他就會想起老婦人說的，「你是個好孩子，班。」

泰瑞莎是個高眺的年輕女子，大屁股，大胸部，腰很細，還箍著一條腰帶來凸顯它。她有一頭黑髮，鬆散地披在肩上。她的眼睛是黑色的。她總是笑臉迎人，班覺得她的聲音很柔很舒服。她喜歡摟著艾力克斯，摟著來的客人，也會摟著班。「親愛的班。」她常常摟著他說。這個動作使他好想做那件他明知不可以做的事。除了她，不再有任何人碰觸過他。只有泰瑞莎毫無顧忌地進入其他人跟他刻意保持的距離。只有泰瑞莎願意握著他的手，甩啊甩的；只有她會捏著他寬厚的肩膀說：「哇，你的肩膀，好壯的肩膀啊，班。」或者在她站著跟別人說話的時候用手攬著他。

有一個常來的客人叫做保羅，他以前和艾力克斯合作過。他們現在正在為班的這部電影編寫劇本，寫作的地點不限於待在屋內。他們有時會坐在客廳的桌旁討論，也不理會班。這時候泰瑞莎就整理屋子，做料理，或是坐在椅子的扶手上晃著腿，看著這兩個男人，也或者看看雜誌，哼哼歌。這兩個男人在屋裡待不住，一會兒就會往外跑，班知道那是因為他的存在干擾了他們思路。他也知道故事腳本一改再改，因為巴西不像北方：班終於知道他是來自北方。保羅沒有一點地方像艾力克斯，保羅塊頭很大，淺咖啡的膚色，褐色的大眼睛，黑髮，短短胖胖的手指上全是戒指。保羅很希望取悅艾力克斯，班看得出來：所有這些人都如此。艾力克斯是他們的依靠，他們很在乎他；大家都在等著聽他的想法。

有時晚上會有十幾二十個人來吃飯。艾力克斯每天都得買好多食材，和泰瑞莎一起烹調。班常聽到泰瑞莎為了吃飯的人太多跟艾力克斯起爭執，因為有些人他甚至並不認識，他們知道這裡有吃的就來了。而他總是說：「沒問題，進來吧，隨便坐，要喝點什麼，別客氣。」

「妳管太多了，泰瑞莎，又不是我老婆，閉嘴。」艾力克斯說。

之前他在這兒做舞台劇的時候，也租了一棟像這樣的公寓，演員和朋友們閒來無事都會來他這裡打發時間，他也同樣請他們吃喝。美國人大概就是這樣吧，或者就這件事來說，只要有能力，經濟狀況比人家好，就像大部分來公寓吃飯的這些人，有演員、舞者、歌手，有的有工作，有的失業，艾力克斯很自然地會餵養他們，經常找各種理由接濟他們——他只求他們能給他一些建議，幫他翻譯一些東西，帶他去看看合適的外景場地，或是參觀一下博物館。

可是研發的經費有限：艾力克斯上次來這裡拍電影導戲時，經費比較充裕。泰瑞莎很清楚這次不比上次，花費卻極快。加上劇本難產，雖然保羅和艾力克斯天天都在努力。

故事是有一個，只是不夠完整。在巴西某個美麗的蠻荒野地，群山環繞的山腳下有個部落，那裡的人跟班的樣子很相像。他們靠叢林裡的蔬果維生，用木棍和弓箭打獵，也知道用火——這在電影中的交代是，他們看到閃電擊中一棵大樹，引起樹身著火來的。

問題是，除了對火的發現有所交代之外，其他毫無進展，始終侷限在一些最基礎的東西上：山洞、打獵、交配、採收植物。班全都聽在耳裡，他總覺得不對，但不知道哪裡不對，也說不出什麼道理：他們並沒有問過他的看法。現在他們手邊的初稿、大綱、情節推展已經多到不行，艾力克斯和保羅經常在看完一些胡亂編撰的草稿之後，會焦慮地抬起眼光，眉頭緊蹙，定定地、茫然地瞪著班。

他們到底要怎麼繼續下去呢？或許在這個愉悅的場景裡應該再出現一群比較進化的人，然後……然後呢？兩個種族的人交配，再產生出新的人種？接著新來的一族想要殺光班的族人，班就此成為保衛族人而死的大英雄？或者改成班的族人殺光了新來的族人，因此延緩了他們不可逆的命運，儘管這片土地上已經到處都是新來的種族。找演員倒是不難。只要找當地的印第安土著就成了。但是哪個區域的當地呢？必須實地跑一趟，再跟當地有心賺取一些外快的部落談好條件：對於這點他們倒是很有把握。

按照保羅的建議，他們選定的地點是巴西西部馬托格羅索州的山區，由於當地適逢極端惡劣的天候，暴風雨外加洪水氾濫，勘查外景之旅只好順延一週。在這段時間裡討論仍持續進行，他們打算先以一般的民航機把班送往某個小城，再從那兒包一架私人小飛機飛抵目的地。艾力克斯和保羅認為帶著班同行是理所當然的事。班在隔壁房間聽到這兩個男人的對話，原本就存在的悲憤感覺這下更加深重了。他們要帶他去哪裡？他又要離開一個剛剛熟悉的地方，又要搭機，再轉機。又是陌生的新地方，又要接觸陌生的新語言。

他問泰瑞莎他們哪時候要帶他走，她說很快。她跟艾力克斯力爭，她認為帶著班同行未免太殘忍，難道他看不出班多麼不快樂嗎？

有天夜裡，時間很晚了，賓客們正準備要走，忽然聽到一陣很有規律的，咚、咚的撞擊聲，從隔壁房——班的房間傳出來。當時誰也沒注意他早已靜悄悄地離開了聚會，當時大夥正在大談電影拍攝地的那些丘陵和山脈。泰瑞莎輕輕推開他的房門，看見他蹲在地板上，用拳頭撐著身體，不斷用頭往牆上撞，咚、咚、咚。泰瑞莎關上門，回到客廳，把看到的情形告訴大家。

「小孩子經常這樣。」艾力克斯說。「有個鄰居的小孩就常常這樣。用頭撞牆，有時候一連撞上好幾個鐘頭。醫生說沒關係，不會受傷的。」

泰瑞莎說：「他是不想去啊。他很害怕。」

大夥沉默地聽著：咚、咚、咚。

「會把腦子撞壞的。」有人說。

「不會，不會，」艾力克斯說，「別管他，沒事的。」

賓客們走了。艾力克斯和泰瑞莎坐在那兒，靜靜聽著。那聲音令人不安。泰瑞莎含著淚，她聽得心都痛了。撞擊的聲音持續著。她再走進班的房間。他一面撞頭，一面嗚咽，就像小孩子的啜泣聲，泰瑞莎一把摟住他，跪倒在他身邊，說：「班，親愛的班，可憐的班，沒事了，有我在。」他發出一聲夾雜著痛苦和憤怒的大吼轉向她，她感覺著他那張毛茸茸的臉貼在她的胸脯上，她知道她現在摟抱著的是一個孩子，或者至少是一個孩子的苦楚。「班，沒事的。你哪都不必去。我答應你。」

她陪在他身邊，跪在地板上摟著他，他抽抽答答地慢慢平靜下來。艾力克斯擔心她，探頭瞄了一眼便退出去。班安靜了，泰瑞莎扶他起來，看著他上了床，才出來找艾力克斯。她含著淚向他挑戰，「你不能帶他走。我答應他了。你不可以這麼做。」

「好吧，我們也不一定非要他去不可。」艾力克斯說。

他們要去的山區仍然下著大雨，每天晚上那些人繼續來吃喝說笑、吵鬧的時候，就會聽見隔間牆上傳來他憤怒痛苦的咚咚聲。

他的怒火不斷威脅著要從他體內蹦出來，衝向他緊握的雙拳；他想揍人、咬人、殺人——他最想殺的是艾力克斯。他不相信泰瑞莎說艾力克斯願意把他留在這裡：艾力克斯在騙她，就像當初使詐把他騙到這裡來一樣。

這咚咚的聲音真的可怕，等於直接撞擊著聆聽者的神經，叫誰也不能忽視。所有人拚命想要略過，但終究停止了交談，專心一志地聽著。艾力克斯說：「別理他；沒事，他不會傷到自己的。」經他這麼一說，大夥又開始高談闊論，而且抬高了音量，和那咚咚的聲音對抗，但每個人的臉上都流露著憂慮、煩心，甚至恐懼。很快地大家又靜了下來，手裡握著酒杯，餐盤中的食物也沒人理會。只聽見牆上那一聲接一聲的咚、咚、咚。

「他會把腦袋撞壞的。」保羅發聲抗議，艾力克斯卻還是說：「不會，小孩子都這樣。沒事。」

然而事實上，這強力的撞擊聲無疑在告訴艾力克斯，之前在尼斯的飯店裡，他腦海中的那些想法純粹只是幻夢而已，根本不足以通過層層的困難、危機和各種突發狀況。他勢必要有完整的一個劇本，或者至少要有一個詳細的大綱，才有可能吸收大筆的資金，真正拍成功一部電影。

艾力克斯和保羅決定先飛過去，雖然預定勘景的山區仍在下雨。他們預定星期一出發，所以星期天從中午開始，這個賓至如歸的客廳就塞滿了人。兩位製作人的這趟行程起碼要一個星期。換句話說，接下來這個好客公寓將只剩下班和負責照顧他的泰瑞莎兩個人。

班聽到的都是說話的聲音，不停在談論各種安排，他在自己的房間裡走來走去，彷彿困在籠子裡。他走出房間，站著看這一屋子的人。他們沒注意到他站在那兒。大夥都有些醉了，彼此親親熱熱，鬧哄哄的。泰瑞莎摟著艾力克斯，一頭黑髮散在他的頸子上。班走到門口，走了出去。將近黃昏的時刻，陽光斜斜的，還是有些熱力，但不像正午那麼刺眼。他也不知道自己該怎麼辦。他慢慢走向令人目眩的蔚藍大海。他的眼睛在墨鏡後面隱隱刺痛，所幸不算太嚴重。他前面就是長長的白色沙灘，沙灘上有很多人躺著，跑著，嬉戲著。有更多的人在海浪裡玩水。女孩子們穿得好少，他得很仔細觀察才能確定：她們有穿衣服，一小塊布丁遮著前胸，一丁點碎布遮著奶頭。他全身都是按捺不住的怒火，只想傷人，或者，殺人。他沿著海灘的高處走，盡量不讓四射的陽光刺進他的眼睛，他聽著海浪聲、人聲、笑聲——那麼多的人，那麼多的人都懂得怎麼相處，那麼多的人大家都不分彼此，雖然膚色、體型、身材各不相同——卻沒有誰因為對方的不同而另眼相看。

這個海灘，就像里約的其他海灘一樣，總是會有一些扒手集團出沒，大部分都是孩子或年輕人。班從街上走向海灘，這幫小賊就瞄準了他。他們有一套標準手法。先是由一個年輕人，或者甚至一個小孩子，走到鎖定的目標跟前，把幾滴油噴到這人的鞋子上，一開始對方可能沒注意。接下來受害者會突然發現自己的一只鞋子或者兩只鞋上多了一坨噁心的肥油。班就在這時候發出了一聲怒吼。這些有團隊組織的小賊們，立刻分批跟著受害人並排向前奔跑，他們一看到對方發現鞋子上的肥油，其中一個就趕上前表示願意拿錢辦事，幫他把鞋擦乾淨。班身上根本沒帶錢，有的只是滿腔的怒火。班一把逮住那個一臉假笑，拿著抹布彎腰準備幫他擦鞋的年輕人，用胳臂使勁勒住他，同時，他——這裡指的不是那年輕人，那小子都快斷氣了——他一面發狂咆哮著。其餘的同黨立刻聚攏來拯救他們的夥伴，附近一名巡警發現有狀況，趕緊跑了過來。這時班整個人被壓在這群半赤裸的青少年底下，只偶爾露出一點腦袋瓜、一截手臂或是一條腿。

艾力克斯和泰瑞莎急匆匆趕到海灘，後面跟著他們那一大票的朋友，這時現場靜悄悄的沒人出聲。泰瑞莎用葡萄牙語對著員警大喊，「住手，快叫他們住手，他是跟我們一起來的！」

班，哪個是班？他們根本看不見班的人：只能聽見在那一堆疊羅漢似的攻擊者底下，傳來狂怒的吼聲。

員警見什麼打什麼，不管是頭、手臂、腿，只要是露出來的，甚至還揪住一個年輕人的頭髮，將他一把拽出來。不知是誰大叫一聲警察來了，這幫年輕人立刻鳥獸散，有的掛彩，有的斷了一條胳臂。班蹲縮在地上，兩隻手臂護著自己的腦袋。身上的衣服幾乎被剝個精光。他的襯衫落在了一名逃跑的小子手上，腳上的髒鞋也不見了。

泰瑞莎向員警展開軟硬兼施的訴求。「他和我們一起來的——他是跟著他……」她指著艾力克斯，「我們在拍一部電影。電視台上映的。」這個臨時起意的託辭打動了員警，他往後退幾步打量著班，盯著班多毛的肩膀、多毛的臉和那一口閃著痛苦光芒的白牙。

泰瑞莎一手攬著班，班的胸膛不斷起伏，嘴裡不斷發出咕嚕咕嚕的聲音，泰瑞莎知道這聲音不久就會變成嗚咽——她更知道——那嗚咽的聲音肯定會引起員警的反感，一改原本的擔心憂慮，變得殘酷，不留情面起來。

「走吧，班。」她帶著他走開。艾力克斯走在班的另一邊，班只看著泰瑞莎，不看艾力克斯。他那張可憐的、淌著鮮血的面孔只顧向著她，向她求救。

那員警瞪著眼站在那裡，他到底還是放他們走了，他們三個，艾力克斯、班、泰瑞莎，走在前面，其餘的人跟在後頭。

待在公寓裡的人仍舊圍著桌子坐，甚至沒察覺班不見了，還有一堆人跟著他。他們看到的班永遠衣著光鮮、乾淨，現在的這副模樣令他們大感震驚。

泰瑞莎把班帶進浴室——就像以前老婦人那樣——毫不尷尬地脫下他身上七零八落的衣服，溫柔地對他說：「沒事了，你現在很安全，別怕。可憐的班，站在蓮蓬頭底下，對。」泰瑞莎洗掉他身上的沙子泥土，幫他把額頭撕裂的傷口止血，再把他的破褲子丟進洗衣機。她拿了乾淨的衣服幫他穿上，他聽話地讓她為他做這一切，完全受她擺布，叫他轉身他就轉身，叫他抬手或抬腿他統統照做。

他嚇傻了，呼吸急促，臉色慘白，眼神晦暗，迷失。

她陪他坐在床上，輕輕地搖著他，「好了，班。我是你的朋友。沒事了，放心吧。」

艾力克斯明天啟程，這一夜照理她應該跟他共度良宵，泰瑞莎卻是跟班在一起。班和衣躺在床上，沒有睡。她一直握著他的手，輕柔地跟他說話。她為他的消極、冷漠擔憂不已。這個歲數不大卻見多識廣的年輕女子，她非常清楚班，這個摸不清底細的人，正處在一個危急關頭。他正在改變，一種內在的蛻變。

第二天那兩個男人一大早就去了機場，泰瑞莎和班留在公寓裡，他們有足夠的錢，填飽肚子不成問題。班自己的那筆錢幾乎還沒動用過。

班走出臥房，做了一件以前從沒做過的事：他坐在大桌子邊上，不像以前那樣避開所有人，坐在房間的邊角。他坐下來環顧這間空蕩蕩的房間，看著泰瑞莎清潔打掃，很聽話地吃著她煮的東西。

他是真的變了。海邊的那一幕影響很大，那些年輕小伙子的詭計，以及對他的攻擊，就算他再孔武有力，在那種情況下，他是多麼地無助——他們人多勢眾，他們壓制他，使他動彈不得——他的怒氣在他們的掌控下消磨殆盡，只剩下哀傷。他明白在那幾分鐘——或許頂多三分鐘——的時間裡，他完全無助。在那以前，他總以為他天生的神力是他的靠山；是他最後一道防線，誰也動不了他。然而這次他全然無助，任由那些惡質的意圖殘忍地傷害他。

他對泰瑞莎說：「我什麼時候回家？」

泰瑞莎知道他過去住在倫敦，他問的可能是這個意思，她十分謹慎地回答說，她相信艾力克斯一定會送他回家。

「我要回家，」班說，「我現在就要回家。」

泰瑞莎忙完家事和做好飯之後，端了杯果汁給班，自己也拿了一杯，坐在他身旁。他希望她伸手攬住他的肩膀，她柔細的黑髮披散在他的肩上，她果然這麼做了。「可憐的班。」她說，「可憐的班，我真心為你難過。」

「我要回家。」

泰瑞莎也想回家，她就像班，她也不知道究竟哪裡才是她所謂的家。

＊

她的故事是這樣的。她出生在巴西東南部一個窮困的小村子裡，窮困加上連年的旱災，動物牲畜都死了，良田也化為灰土。她記得那裡的乾旱和饑荒，也目睹街坊鄰居們一批批遷往南方的里約、聖保羅。後來父親說他們也該離開了，否則就要死在那裡了：父親、母親和四個孩子，泰瑞莎是老大。開始的一段路他們搭乘巴士，接著問題來了，是要搭車還是要吃飯，只能二選一。於是一家人徒步走了幾天，靠麵包和偷田裡的玉米填飽肚子，愈往南邊走，田地越發油綠。不久他們到了里約市外一處擁擠不堪的貧民窟，這兒的房子層層疊疊地蓋在山坡上，住在這裡當然是愈高愈好，因為一下起雨來，所有的垃圾汙泥全部會往山下沖。他們利用最後的一點點錢，在木樁上搭蓋了一個塑膠布棚，他們底下也都是類似的破棚子和一些稍微像樣的屋子，全都搭建在被雨水侵蝕而嚴重龜裂的小路上。現在他們的錢全部花光了。她的父親，跟其他那些窮人一起外出找工作搶飯碗，偶爾會搶到一兩天的零工。全家人挨餓又絕望。接著發生了一件事，起初泰瑞莎還弄不明白，雖然她知道貧民窟裡好多女孩都在靠身體賺錢。她父親沒開口，她母親也沒開口，但從他們臉上的表情看得出來，上面明寫著她可以養活他們全家六口。泰瑞莎向那些已經在養家活口的女孩子們探聽。她們一到晚上就在軍營附近徘徊，等阿兵哥們出來，或是到經常有小混混出沒的咖啡館。這些女孩大都很自卑，認為自己是垃圾，只能聽天由命。要想往高處爬，那就意味著得有錢買好衣服和鞋子，只是錢一到手就全數交給了家人。泰瑞莎是個聰明的女孩，頭腦清楚，她才不願意永遠做個被阿兵哥玩弄的妓女。她先跟著一個女孩去實地了解一下情況，輕而易舉就吸引到了一個阿兵哥，這人靠著牆跟她辦完了事，他給的雷亞爾（註：reais，巴西錢幣。）足夠他們吃上好幾天。泰瑞莎很怕染上疾病，更怕因此再也脫離不開這樣的生活。泰瑞莎繼續跟這些阿兵哥周旋，先把買衣服鞋子的錢存下來，剩下的就交給母親。「就只有這些？」她母親收下錢說：她的口氣很粗暴，眼神卻很羞愧，她一天到晚責罵泰瑞莎，竟忘了以前她們母女倆親密得就像朋友一樣。貧民窟裡的居民每天黃昏目送這些女孩出門，嘴裡罵個不休，她們回來的時候貧民窟裡的男人還上來糾纏，逼迫這些女孩子跟他們免費做愛。

泰瑞莎原是個經常上教堂的好女孩，牧師和學校老師都很喜歡她，還跟她的父母說這個女兒真是天賜的恩典。如今卻成了一個人人叫罵的對象。她覺得自己好丟臉。從北方走過來的那幾個星期，她一直穿著破牛仔褲和她爸爸的舊襯衫。現在她依然穿這身衣服接客，這是她賺錢不多的一個原因。這裡沒洗澡的地方，頭髮油膩膩的，她知道自己身上的味道很難聞。

她不得不強迫自己就以這副樣子走進服飾店。她真怕店員會直接把她攆出來。她早已選定自己想買的衣服：那是她經過服飾店時看見櫥窗裡掛著的。她走進去，錢捏在手裡，說：「我要那一件。」她知道她沒辦法試穿，她實在太骯髒了。那店員接過她手裡的錢，把衣服放進袋子裡，一臉冷漠不高興的表情。「我想請妳先幫我保管——幾天。」泰瑞莎說。

店員本來不願意，泰瑞莎哀求的眼神打動了她。她把袋子收好，說明只肯替她保管一個星期。泰瑞莎知道她絕不能把這件衣裳帶回貧民窟：她母親肯定會拿它換取食物。其實泰瑞莎私下也贊成母親的做法。她當然明白看著孩子們挨餓卻沒東西吃的苦。

泰瑞莎照常在黑夜裡倚牆賣笑，甚至連白天也去，她要賺到買雙好鞋的錢。她從店裡取回新衣，穿上身，一件紅色的連身裙裝，小露一點乳溝，腰部非常合身——她像是完全換了個人。她躲在公園的樹叢後面換裝。再穿上細緻的高跟鞋：這才發現高跟鞋很不好走路。現在她得想辦法把自己洗乾淨，做這件事可是需要更大的勇氣。她大著膽子走向一家大飯店，是這裡最好的一家，她就這樣大模大樣地走了進去。最困難的就是穿著這雙新鞋走路，而且要擺出她早就穿慣了這種鞋子的姿態。飯店大廳的員工確實盯著她看了幾眼，不過他們以為她大概是來找某個住房的客人。她找到洗手間，剛好裡面沒人。她寬下洋裝，用隨身帶的一塊破布，從腿一路擦洗到腰；再脫下上半身，清洗腋下和胸部。她很想把那塊肥皂帶回家去，但自尊阻止了她：我不是賊，她堅決地告訴自己。有人進來了，連看也不看泰瑞莎，自顧自的上完廁所，走出來洗手，就站在這時也在洗手的泰瑞莎旁邊。

闖入者走了。泰瑞莎現在除了頭髮，全身都洗乾淨了，這會兒她必須冒最大的一個危險。洗頭，這段時間她沒法聽見其他的聲音，所幸她的頭髮剛剛離開水槽，正準備仰頭把水擰乾的時候，一個女人走了進來，她瞪眼瞧著泰瑞莎，但沒吭聲就走出去了。泰瑞莎梳理好濕漉漉的頭髮。她知道現在的自己，乾乾淨淨，穿著一身紅色的洋裝，白色的高跟鞋，頭髮光滑柔順，她看起來就跟其他人一樣美好。她走出飯店，坐在陽光下的露天桌位上，讓頭髮自然吹乾。時間將近中午。對於這裡的人她不太能判斷，多半應該是觀光客，其餘的可能都是像她一樣從貧民窟來的女孩，個個都很漂亮。一個穿著高級衣裳和鞋子，喝著高價位飲料的漂亮女孩，就算來自世界上最窮最糟的貧民窟也可以坐在大飯店外面的露天咖啡座上，絕不會有人說一句閒話。不，或許服務生會。其他客人也許不知道她們是應召女郎，服務生可清楚得很。

服務生過來了，她點了杯橘子汁，好整以暇地坐在那裡，一個人。她看見有個女孩跟著一個男的進了飯店。最後真有一個男人過來跟她共桌，她必須鼓足勇氣。他是個觀光客，只會說十個字左右的葡萄牙文。他是德國人。他問價錢，她講了一個獅子大開口的數字，等著他嘲笑：這裡是有名的大飯店，她很清楚，這裡人人穿好的吃好的。他說，好，他同意。可是她又尷尬了：他會不會問她住哪間房？結果沒有，他攙起她的胳臂，兩人穿過市區來到一家小旅館，沒有任何人過來制止他們，他帶著她進入電梯。她隨身帶著的是服飾店亮麗的袋子，還有她的舊衣服，味道很難聞。出電梯的時候她設法把袋子留在電梯裡。

這人很喜歡她，每天都召她過來——他在這裡停留一個星期。這真是天大的好運氣：其實當下她還真搞不清楚自己的運氣有多好。也或許不只是運氣吧。她漂亮，在旅館房間照鏡子的時候，她發覺。她不但漂亮，更且是個天生的尤物。她也不介意陪伴他。因為他不像那些阿兵哥。

跟德國人過完一星期，她拿回去給母親的錢比任何時候都多。但這還不是全部，她甚至迷上了身懷鉅款的危險，她把一大疊的鈔票用膠帶貼在乳房底下。銀行不是他們這種人去的場所。她甚至還沒有領到身分證明，萬一被警察抓到，那麻煩可就大了。為了領身分證她排了一天的隊，小小的卡片上寫著她的名字叫泰瑞莎・阿維斯。這張身分證令她大失所望，完全不符合她對自己的想法。這張小卡片並沒有解決她存錢的問題。有一個店老闆願意為顧客保管金錢，只是需要收一點手續費，她不信任他，卻又不得不，於是把一半的錢信託給了他。

她有一星期沒有去那家大飯店的露天咖啡座了，等到再去的時候，她又買了一件新衣服，這次是綠色的，同時也是她這輩子第一次去真正的美容院洗頭、做頭髮。如今她已成為這些咖啡座上最漂亮的美人，她馬上又接到了一個客人，希臘人。一連好幾個月，她在那家飯店的生意非常順手。家人都餵得飽飽的。她的私房錢愈來愈多。她開始計畫脫離妓女的行業。現在的她雖不像跟阿兵哥們做買賣時那麼害怕染上惡疾，但還是很緊張，儘管她看過醫生，醫生說她沒病——到目前為止。

做妓女很花錢的。她知道她的職業開銷很大，衣服，昂貴的飲料，化妝品，做頭髮，還得花錢請飯店的女服務生幫她看管衣物，這些費用等於她父親一輩子務農的收入。

緊接著又是一個好得不得了的大突破：她真是好運連連。她的恩客之中，有一個拍電影的美國人，借重她對於在地禮俗方面的熟悉度，帶著她到處跑，勘查外景地點，請她翻譯一些簡單的資料——這時候的她已經懂得一點英文，雖然只是皮毛，看起來還挺像樣的。所以她在那個圈子漸漸有了名氣：電視、電影、劇場，有了正式的工作。儘管受人尊重的工作賺錢少，她還是徹底斷了妓女的行當。每隔幾天她會回貧民窟一次。她在里約租了一間廉價的雅房：終於有了可以收藏錢和衣物的地方。母親對她冷嘲熱諷，說她只顧自己遠走高飛，不管他們死活。其實母親清楚得很，泰瑞莎絕不會這麼做。她倆都明白母親只是情緒性地在說氣話。泰瑞莎告訴母親她有了一份很好的工作，她的父母根本不信，只是假裝相信，給她——也給他們自己，留點面子罷了。至少讓他們覺得不是在靠她賣身過日子。

他們家比貧民窟大多數人都過得好。父親蓋了一間鐵皮屋頂的小磚房，遮風擋雨。屋裡有兩間房，現在不是六個人住，總共只住了三個人，她母親、父親和一個病懨懨的小妹妹。兩個男生，大的十四歲，排行老二，小的一個十二，兩人都加入街頭的少年幫派做小偷，見什麼偷什麼。回到家就是來要錢，拿了錢就閃人。有時候泰瑞莎看到街上的小混混，總會多看兩眼，尋找自己的兩個弟弟，每回看到他們，不是在街上亂竄，就是兩眼放空地在人行道上閒蕩。還有毒品。他們吸毒也販毒。她罵過他們，她明知道這些冷血無情的小孩很可能為了一點點錢就殺人。可是這兩個弟弟等於是她帶大的，直到最近還在撫養他們，她覺得她有責罵他們的權利。她給他們錢，同時還得留意這些幫派分子，因為來要錢的不見得只有她的兩個弟弟而已。

兩年前，艾力克斯在寫劇本的時候正式僱用了她，兩人成了情侶。最初她是抱著幫忙的心態，她不希望他以為她是為了工作投桃報李。他卻毫不在意，甚至連想都沒想過。他就是喜歡她，信賴她，完全不在乎她走過的那些骯髒道路，不管她當初真的是從遙遠的窮鄉僻壤來的，也不管她後來為了逃避貧困而賣身。他隨遇而安，只要在里約有可愛的泰瑞莎，這就夠了。他生活優渥，出手大方。「我有母親，」她說，「我要養她。」一知道她有母親要養之後，他就給泰瑞莎非常高的薪水，遠遠超過原來給的數目。

泰瑞莎想到自己的處境，不免感到恐慌。她想到她的母親、父親、病懨懨的小妹全都仰賴她一個人。而她還計畫要挽救兩個弟弟，問題是，她現在跟一個小歌手分租的房間太小，只夠自己吃住，沒辦法接兩個弟弟過來同住。假如她能多賺些錢，找一個更好的住處？——可是她不願意再回去做妓女。顧家的責任像重擔，她必須扛著。她今年實際只有十七歲，卻假裝成二十二，這就像她實際不怎麼懂卻假裝很懂英文一樣。她常常夢見家鄉的小村莊，雖然那裡好窮，生活好艱難：至少在那裡有父母照顧著。她渴望有個人站在她和她四周所面臨的險峻之間。她需要的就是她母親堅強有力的懷抱，她知道。

泰瑞莎坐著，一手撐著頭，她無法想像一個在暮色中奔跑的小孩，怎麼會這麼快就揹上了這樣的重擔。而坐在一旁的班，不斷唉聲嘆氣，「我要回家。」泰瑞莎時不時會摟摟他，「可憐的班。」甚至還會說：「你是好孩子，班。」但是在說這些話的時候，她會提醒自己，他可是個長了鬍子的大男人啊，他的護照上寫著三十五歲，雖然他告訴過她，他只有十八。大家都把他當小孩子看待，他的行為舉止真像個聽話的孩子。人的行為取決於別人的對待，人家怎麼對待你，你就會有怎樣的表現。於是她慢慢改變對待他的態度，她開始要求他像個成年人，幫她做點事，為她做一份三明治，或泡杯咖啡；她相信他會因此在心態上有所改變。

他並不是成天跟她坐在一起。客廳和他臥房中間的房門總是開著的，他在房裡做什麼她都知道。他經常躺著，或坐在床上，不斷試戴那幾副墨鏡。每當下午陽光直射進他房間的時候，班就像浸在一池動盪的水中。強光有如銳利的碎片和針頭似的，射進他的雙眼，令他頭昏腦脹。他一副接一副地試戴著，最後選擇的永遠是顏色最深的一副：當時理查特地幫他多配了兩副。等到炙熱的白光開始在牆面上遊走出各種明亮的圖案時，他試著摘下墨鏡，「為什麼我的眼睛跟別人的這麼的不一樣？」他會發狠地問。他想解開那叫做宿命或運命的東西——痛苦的情緒隨著老婦人和泰瑞莎口中那一句可憐的班喚醒了。為什麼，為什麼，為什麼他會那麼的與眾不同？

在這同一時間，艾力克斯和保羅遠在山區，他們搭乘市區內每天一趟的小飛機到達這裡。兩人本來想開車上山，可是連續大雨，山路太難走。他們暫住進一家小旅館，也可說是招待所裡，這是保羅之前來勘景時發現的，這兒經常有一些採礦人、人類學家或地質學家光顧。招待所一共四個房間，房間四周環繞著一個很深的大陽台，兩個人就坐在陽台上編寫劇本。他們已經長途跋涉過不少山地，他們心中想的全都是班的影像——班和他的族人。問題是，艾力克斯想到的班仍是在尼斯飯店初見時的模樣，令他念念不忘，然而現在他最常看到的班，卻是一個怨氣沖天的怪物。他和保羅都相信班可能真的病了。現在的班也讓艾力克斯覺得十分歉疚，他不但後悔帶班來巴西，甚至對這一整個構想都感到後悔。完全行不通。事情可行的時候，樣樣順利：如有神助，無論人和事，甚至雜誌上的一篇文章、隨手拿起來的一本書都會不謀而合。在那種時候，你當然知道自己在走好運。可是這個案子——這部影片——所有的事情不是擱淺、撞牆，就是停滯不前。光是劇本，他們重寫過多少次？以為寫對了，結果又因為疑慮而整個放棄？艾力克斯終於明白，唯有班本身強有力的風采才是帶動他們順利向前的動力。也就是過去的那個班。現在的這個班成了障礙，像一把鎖鎖住了他們的創意，現在他們一想到他，只會聽到那一聲聲的咚咚咚，他用頭撞牆壁的聲音。他們甚至玩笑說，那聲音就像採礦機的聲音：在招待所裡確實能聽見附近一個小礦坑傳來的機器聲。這個笑話的用意是，他們希望能把班帶回到一個合適的，能夠符合他們想法的意境裡。

他們兩人不但走遍許多山區，更且還參觀了一個印第安部落，也因為這次的會面，出現了嶄新的局面——起初只是默默的一個想法，如今決定公開，不再隱瞞——他們決定把班從這部電影中剔除。

他們倆第三次搭乘四人座的小飛機飛過叢林河流，降落在雨林帶裡的一個部落，這裡的人沒有敵意，而且很喜歡他們帶來的禮物……這全是保羅出的主意。兩台附帶很多電池的小收音機——電池都有厚厚的塑膠袋裹著防潮——還有罐頭食品、衣物、小刀。由保羅負責發言：他稍微會一點當地的語言。艾力克斯默不作聲坐著，眼睛卻沒閒著。多麼漂亮的臉孔啊！多麼棒的體格啊！這些人太漂亮了，在大河邊過著至今尚未受到汙染的生活。他們早先的劇本裡，就是有這樣的一群人入侵了班那一族的地盤，然後……然後他和保羅就不知該如何繼續了。

這個部落多美女，有一個特別漂亮，真是艾力克斯見過最美麗的女子。聽他們說她大約十四歲，不久就要嫁人。部落的人對於拍電影並不反感，但有一些條件，其中一條就是，不可以把這裡的小伙子帶到充滿各種誘惑的大都市去——這些人口中的大都市，其實是只有一小時航程就能到達的小鎮，它的名字連地圖上都找不到。

那女孩……令他們倆心動不已；兩人都承認被她迷住了。他們回到招待所的陽台，這間招待所由一對老夫婦經營，夫婦倆每天早上都來問他們想吃什麼，最後上的菜色卻永遠是雞肉、米飯、豆子和辣椒，然後再來又是雞肉。他們喝的啤酒是冰在靠電池運轉的冰箱裡，這兒的電力不足，經常斷電。他們兩個把早期寫的那些版本全部拋開，重新開始，這次以部落和那女孩為重心。其實班也不算是徹底消失。故事開始，那女孩被迫嫁給一個野蠻的山地人，那人發現了金礦，拿黃金買下這個女孩，那人確實保留了當初艾力克斯見到班時的特色，帶著粗暴的愚昧。後來那人失去了他粗暴的本性，他殘廢了，瘸了一條腿——還是那女孩把他治好的——所以，班的存在只剩下了無足輕重的一條跛腿。最終電影拍成了，而且拍得很好。那女孩成了明星，每天都能在里約的電視上看到她。這是個快樂圓滿的結局，至少在她演藝生涯剛開始的時候，是這個想法：等女孩長大之後是否還是這個想法，可就不得而知。

在此同時，艾力克斯也專程飛到小鎮打電話給泰瑞莎。艾力克斯說他還要再待一個星期左右。這兒吃住非常便宜，他們想再去看看某個部落。他請泰瑞莎繼續住在公寓裡照顧班，叫他預做準備，他不必演這部片子了。

泰瑞莎毫不隱瞞她的憤怒。班不該受到這樣的對待——先捧著他，之後又不要他。不過她也暗自慶幸，這點她倒是隱藏了起來：她知道他要是真拍了這部電影，如果真的拍得成，那班受到的傷害將會更大。她很冷靜，她跟他談條件和目前的狀況。錢快要花光了。哦，艾力克斯說，她可以先動用班的錢，艾力克斯會還他。班還好嗎？「他——

還好。」泰瑞莎什麼也不說，她不想跟艾力克斯說。「他還好。」

「太好了。」艾力克斯說。

「要不要告訴他，你很快就會帶他回家了？」

「好，好，我說過我會。不過我在想，泰瑞莎，假如他喜歡里約，他也可以留下來。妳說呢？」

「他想回家。」泰瑞莎說，她語帶哽咽。

「好啦，好啦，沒問題。告訴他，我們很快就會回去。」

泰瑞莎告訴班他不用拍片了，因為她知道這話會令他開心，不過她沒說艾力克斯很快就會回來，她知道班怕他。

兩星期過去，三星期過去。居家的生活刻板規律。早上泰瑞莎出去買新鮮的麵包，給自己泡杯咖啡，給班喝果汁。她盡力希望他多吃一點，可是他沒胃口，整個人又瘦又沒精神。泰瑞莎喜歡去海灘，班卻沒辦法，她也不能長時間丟下他不管。她陪著他坐咖啡座，他們不去當年她發跡的那家飯店，而是去她沒去過，也沒人會認出她來的別家飯店。他戴著墨鏡和她買給他的巴拿馬草帽，他總是把帽簷往下拉，遮住眼睛。他們一坐就是幾個小時，喝著果汁，看著來往的行人。泰瑞莎對班的反應很感興趣：每當他的鬍子裡露出咧著白牙的笑容，他就會往後退縮。「怎麼了，班？」「他是壞人，」班會說，「他會傷害我。」「有我陪著你啊，班。」她用心看著這個顯然無害的人究竟哪裡嚇著了班，她實在看不出來。有時候他又會露出很愉快的笑容，這時她會看到又一個毫無威脅性的人——通常是個女人。「對女孩子笑的時候要小心啊，班。」「我喜歡她。」班會說。有一次他居然說：「我覺得她也喜歡我啊？」在這樣短程的外出之後，泰瑞莎就會帶著安然無恙的愉悅心情回到家，為班做一塊牛排提升他的食慾，給自己做一份三明治。炎熱漫長的午後他們也懶洋洋的，有時她會有一兩個朋友來串門，到了晚上，情況就跟保羅和艾力克斯在時的盛況幾乎一個樣。只是現在大家會帶著酒，或是一些肉過來煮，還有水果——這裡不再像以前那樣無節制地大吃大喝，因為泰瑞莎沒那麼多錢，她又不願意花班的錢。班現在也不會躲在臥房裡，他會待在客廳，甚至跟他們一起上桌。他們的話題沒他的份，他們說的話他幾乎都聽不懂，但是他聽得很用心，他聽懂的遠遠超過泰瑞莎和其他人的想像。所有的人都愛笑，他真的不懂他們到底覺得哪裡好笑：在他聽來，驚嚇的成分居多。他愈來愈想念老婦人，想念她對他的照拂，她的慈愛；甚至對那隻貓，他都覺得是他失散的好同伴。班明白艾倫・畢格斯老太太已經過世，但這並不能阻止他對她的思念，他依舊把她想成是只要到了家門口就會出來歡迎他的人。

現在來訪的人，層次要比艾力克斯那時候低。沒有電影導演、編劇，也沒有知名的演員和舞者。這些人都是小咖，在電視或劇場的龍套，還有一些劇組的技師、幾個公關小姐，和一位泰瑞莎求教英語的口譯員。有個化妝師教會她所有的美妝技巧，還有一個在水手常去的俱樂部裡駐唱的歌手教會她唱歌、彈吉他。這些女孩沒有一個是貧民窟來的，沒人知道過去和不久以前的那個泰瑞莎。這些人裡面，有一位年輕女子，泰瑞莎私下認為是撿到寶了。她的名字叫做伊內思，出身高尚：她父親是大學教授，她在科學實驗室任助理。泰瑞莎是在拍一部關於基因、遺傳這類東西的電視短片時需要請教她的父親，而認識了她。伊內思深受劇場的吸引，這是那種自出生就生活在固定模式裡的人會有的想法。因為她認為自己的一生早已定了型。

泰瑞莎對這位聰慧的女子有著無比的敬畏，她有學問，談吐總是令泰瑞莎驚豔。伊內思對泰瑞莎也是著迷不已。她不像艾力克斯，泰瑞莎說她長途跋涉走了好幾百哩路才來到里約，艾力克斯聽了毫無反應，伊內思卻非常了解，她懂得泰瑞莎在逃避什麼。因為她曾經飛越過那個苦旱地區的上空，空氣中塵霾瀰漫，她幾乎無法看見下方乾涸的河流和矗立在煙塵中的村落。她熟悉貧民窟。泰瑞莎的經歷令她充滿同情、好奇和不安的自責。在里約，脫離貧窮是不可能的事，貧窮一直都在，在每個轉角向你欺近。無家可歸的孩子、成群結隊的街頭混混，他們像一堆被人丟棄的舊衣服般睡在人行道上，也像聚在噴泉邊上一群嘰嘰喳喳、吵鬧不休的野鳥，一面喝水，一面還得隨時注意有可能把他們關進牢裡，甚至殺害的那些警察大爺。

伊內思知道了泰瑞莎的家人住在貧民窟之後，她問可不可以去拜訪他們；她一直想要親自走訪貧民窟，又擔心害怕，現在有了泰瑞莎就有了保障。起初泰瑞莎拒絕，她擔心這位聰慧、嬌慣的朋友會看不起她，後來還是答應了。她有她的目的。她要求伊內思穿一雙平實耐磨的鞋，她自己則穿上牛仔褲、白襯衫和平底鞋。兩個年輕女孩叫計程車開到貧民窟的山腳下，再徒步上山，辛苦地走過髒汙的小路，穿過一層層簡陋不堪的破屋子到達山頂。她們發現泰瑞莎的父親在床上睡覺，那床是用塑膠繩把垃圾堆裡撿來的木架綁成的，她母親坐在幾只麻布袋權充的門廊底下，那生病的小女孩癱在她腿上。

母親面無表情看著泰瑞莎，泰瑞莎也不看她母親，只把一只裝了錢的信封袋遞上去。母親冷冷地招呼著伊內思，其實，泰瑞莎看得很清楚，母親很看重伊內思，因為沒有人會把伊內思看成妓女，她太優秀了。母親沒有任何招待，泰瑞莎走過熟睡的父親，到架子上拿起塑膠瓶裝的水，倒了兩杯水給伊內思和她自己，屋裡連坐的地方也沒有。泰瑞莎看出伊內思不想喝這杯她認為極有可能汙染過的水。兩個女孩就這麼站著，那母親坐著，一面為睡著的小女孩搧風，一面往下看著那層層疊疊雜亂無章的破屋頂。過一會她終於放軟了態度，問伊內思在哪高就，伊內思說她在實驗室工作。這個一肚子怨氣的婦人打定主意不給笑臉，她拎了兩張板凳，一張給伊內思，一張給她女兒。她問伊內思在哪認識泰瑞莎的——她一說到泰瑞莎時，那口氣不滿到了極點——伊內思答說，是在泰瑞莎拍一部電視影片的時候。這就是泰瑞莎今天來的目的，她就是希望把話題引到這上面，果不其然：這下她母親的態度真正軟化了，而且感動。現在她看泰瑞莎的眼神，儘管她努力不想去看她這個丟臉的女兒，只當是沒有這個女兒的存在，但現在她的眼睛充滿了淚水。在告別的時候，她緊緊擁抱泰瑞莎，這是整整兩年沒有過的舉動，她流淚，泰瑞莎也流淚，這個母親淚眼婆娑地看著兩個乾淨漂亮的年輕女孩順著陡峭的小路，辛苦地走下山去。

這次的探訪讓伊內思深受感動。她和泰瑞莎坐在小公寓裡，她也哭了，班看著她們。她說她太欽佩泰瑞莎，她一想到那些貧困的人家，她就心痛，了不起的泰瑞莎居然能堅強地活下來。伊內思的真心誠意，泰瑞莎當然知道，但是她有自己的想法。泰瑞莎在心裡說，我對妳的感謝，妳是永遠都不會知道的。伊內思並不知道泰瑞莎曾經當過妓女；如果她知道，有可能會更加佩服泰瑞莎，更加不喜歡她自己一成不變的安逸生活。

事情開始有了轉變，這個轉變不會令強士頓和麗塔太驚訝。伊內思的主管是一位生物學家，這人是她父母親的朋友，負責實驗室的一個部門。她向這位生物學家談起班，形容他很像雪人。「就是像那一類的生物，」但誰也說不出他究竟是什麼，「很像是一種返祖現象。」她說。「起碼我是這麼認為的。你真該親自去看一看。」

伊內思告訴泰瑞莎，她的老闆——她說得很技巧，隻字不提這「老闆」是她父母親的老友，她從小就認識的——她只說老闆很想認識班。泰瑞莎一聽這話就起了戒心。她很害怕。不過這個真實的反應一閃就過，因為她對於科學、科學家之類的字眼特別敬重：她對這個領域一竅不通，她受的教育不過是讀書、寫字、算算術，和有關宗教方面的事情。她知道自己無知，但也不是一無所知：伊內思的教育程度對她來說是大驚奇，望塵莫及，她羨慕伊內思能夠和科學家做同事，熟稔的程度就像她跟那些酒吧女郎，和經常沒有工作的女演員，或是在俱樂部唱兩首歌拿幾個錢混飯吃的小歌手那樣。伊內思最迷人的地方就在於她在實驗室裡工作，她懂得世間的各種奧祕。泰瑞莎問這位科學家打算對班做些什麼，伊內思回答，「只是來看看他。」伊內思知道自己在欺騙她，只是她的教育告訴她，真理、科學理念的重要性超越一切：可以這麼說，她的教育，就像泰瑞莎所受的教育一樣，宗教也占了很大的一塊。她非常清楚，這所謂的「看看」班，絕對不只是看看而已。然而引介這樣一個顯然是科學上謎樣的生物，給某位可能解開謎底的專家，她覺得自己太厲害了。這些話她一句也不跟泰瑞莎說。泰瑞莎很清楚自己受騙了，眼前伊內思這張冷靜的笑臉突然變成了敵人的臉。她們倆的友誼瞬間死亡。

泰瑞莎堅持必須在不讓班受到驚嚇的狀況下會面，因此安排在第二個星期天，伊內思和她的「老闆」，還有幾個班很熟悉的朋友一起來家中聚會。誰也不對班說會有某個特別的人要來。這段時間泰瑞莎焦慮到了極點，雖然她一再給自己打氣，她相信情況不會失控：她不是已經開出了條件，伊內思不是已經答應會遵守嗎？

星期天中午，伊內思和路易士・馬沙度到達的時候，泰瑞莎和班，還有她的幾個朋友跟班早已坐在餐桌旁。路易士・馬沙度，一位溫文爾雅的俊男，四十歲左右，他用微笑教大家安心。他負責的科系是專門研究雨林帶的植物，屬於研究所裡許多相關部門中的一個。至於像班這樣的生物，並不在他的研究領域，那屬於另外一個被叫做「壞地方」的部門，那裡的負責人肯定會把班當成一個天上掉下來的禮物。路易士・馬沙度雖然盡力表現泰然，但很明顯，在這群人裡他顯得相當不自在。他責怪過伊內思，說她對泰瑞莎太過友善，竟然跑去貧民窟：她有可能被殺害或綁架；再說，如果她想要找一個好丈夫（他知道她有這個想法）那她就更應該謹慎，她對於下流生活如此喜歡，會把眼界高的追求者們嚇跑。

他褐色的眼睛帶著笑意，友善又親切地向著桌邊的人掃視了一圈，最後專注在班的身上，犀利的眼神對他審視良久。班與他眼光交會時，眼神一暗，立即轉往別處。班給大家的印象很好很得體，一如往常。泰瑞莎帶他去理了髮，修了鬍子，他穿著量身訂做的高檔襯衫，臉上保持一貫的，讓人誤以為是的笑容。這位科學家向班伸出手，班卻一個勁的咧著嘴笑。

路易士坐了下來，坐在伊內思身旁。所有人裡面，只有泰瑞莎知道路易上來的理由：大家都認識伊內思，就算不熟，也聽過她的大名，一個捐錢給劇場的富家女。大家談興正濃，酒菜也已上桌。班沉默地坐著，眼光不再刻意迴避，就筆直地注視著路易士。而路易士，一派和藹親切，不再像剛開始那樣審視班，但不時會瞥上兩眼，每看一次，他似乎就收到更多的訊息。班什麼也沒吃。泰瑞莎真怕他又會回去隔壁的房間，他們又會聽到那咚咚咚的撞牆聲。伊內思臉上一直堆著笑，她看著泰瑞莎，跟泰瑞莎說話的時候，也是一副抱歉的表情，雖然她自己渾然不知。這位平常泰然自若、冷靜沉著的小姐竟如此低聲下氣起來，令泰瑞莎十分不舒服。這真不是一個自在舒適的聚會。不久路易士說他必須趕回實驗室——對，有件事他必須趕回去查一查，不管今天是不是星期天，做實驗是不看日曆的。他站起來，朝伊內思看了一眼，即便她有心想留下，也只好跟著起身。兩位上流人物就在有點無奈的道別和感謝聲中離去。

現在大家輕鬆了，歡樂的氣氛再度回籠。班卻退回到自己的房間，坐在窗邊，戴上墨鏡：午後的太陽把天空照得好亮，連海鳥的翅膀都像冒出了白色的火焰。

客人的聲音消失之後，他回到客廳，發現泰瑞莎仍舊坐在餐桌旁，她在哭。她落入了一個陷阱，不知道該如何才好。

「我什麼時候可以回家？」班問。「艾力克斯什麼時候帶我回家？」

泰瑞莎不哭了，因為班提到艾力克斯：他通常不會主動提到他。班這次肯定是真的嚇著了。

她沒有回答。

「那男人是誰？」

「他是個非常聰明的男人。」

「他要對我做什麼？」

這敏銳的一問，加重了她不祥的預感。他問得沒錯，「我不知道，班，不過他不會傷害你的。」

「我不喜歡他。」

泰瑞莎也不喜歡他。她和伊內思之間，儘管她們的背景如此不同，卻有一種女人彼此交心的直覺，可是對路易士完全沒有：他的親切，他永遠帶笑的那張俊臉，讓她本能地全身戒備。

第二天，他來了電話，泰瑞莎說：「我不喜歡，我不希望那麼做。」接下來就換伊內思跟她說話，泰瑞莎說：「不，伊內思。我說不。」因為班在場，她不便多說什麼。最後她同意讓路易士和伊內思共同的一位朋友，阿弗雷多過來看她——跟她和班談談話。

她掛斷電話，一眼就看到班那張咧著大嘴的驚恐笑臉。

「班，他們要你做一些事。對你無害的事。」班咧著大嘴的驚恐笑臉依舊，視線到處亂轉。「那沒什麼。那些事我也要去做的。」

「哪些事？」

「他們要你做一些檢查。」她不得不向他解說什麼叫檢查，雖然她自己也不太懂。

「他們會抽一點你的血去做研究。」

「為什麼我跟大家都不一樣？」

「對。確實如此，班。」

「我不想去。」

那晚門鈴響的時候夜已深：阿弗雷多從好幾哩外，位在山區的研究所趕來。泰瑞莎看見班在發抖，她說：「沒事的，班。別害怕。」

門打開，阿弗雷多並不像那種優越的上流人士，而是跟泰瑞莎一族的，棕色皮膚的一個大個子，同樣是黑眼睛黑頭髮，兩人一見如故，立刻就用家鄉的語言交談起來。不過阿弗雷多早在十年前就走過這段艱辛的路程：他的年齡比泰瑞莎大。他也到過貧民窟，然後逃出來，做過各種各樣的工作，他力求上進，靠著機智，和即便有勇有謀的人也不可或缺的運氣，成功爬上了作夢也沒想到的地位：當上實驗室的助理。這是他的職稱，事實上他只不過是一個跑腿的雜役。他負責開車接送，清潔器材設備，刷洗工作台，幫忙準備樣本；還有，也很像泰瑞莎，學英文——他的程度比她稍好。

泰瑞莎立刻明白，派阿弗雷多過來是很高明的手段：他們真有一套。不單是泰瑞莎見到自己的同胞覺得心安，甚至連班也對這個友善的大個子感到自在和信賴。班跟他們一起坐在餐桌旁，試著了解他們談話的內容——他們談著童年時光，生活中的起起落落，以及如何逃離貧民窟的那些經歷。班聽不懂，就用眼睛看。他知道這個男人無意傷害他，因為泰瑞莎很喜歡他，班當然也喜歡他。最後泰瑞莎說：「班，他們要你跟我一起去做一些檢查。我也要做——我先，你後。到時候你就知道我做完檢查並不會受傷，所以你也用不著擔心。」

「我不想去。」班說。

鄉愁懷舊的話題繼續著，阿弗雷多一直在觀察班，終於開口說：「他們想多了解你的族人。」

「我沒有族人。我跟我的家人長得一點也不像——我以前的家。他們跟我完全不同。我從沒見過任何一個跟我相像的人。」

「我見過。」阿弗雷多說。

班的反應大到讓阿弗雷多把本來要說出口的話吞了回去。班整個人湊向前，眼神充滿感激，淚水流到鬍子上，兩隻大拳頭緊緊握著：他似乎被內心喜樂的火焰整個點亮了。

「像我？有人像我？」

「是的。」阿弗雷多說，他知道他應該繼續把話說清楚，可是他實在不忍心摧毀眼前的這份幸福快樂。班不斷哽咽，奔流的淚水不是因為心情沉重，而是太過快樂，快樂到他無法承受。他站起來，繞著客廳跺腳亂跳，一面發出短促的吼聲，在場的兩個旁觀者知道，這意味著他此生的哀傷開始消散了。

就在這同時，泰瑞莎滿臉問號地看著阿弗雷多：她知道他還有話要說，她也知道他現在像她一樣，被眼前的這幅景象驚詫到不能言語。

「有像我的人了。」班像唱歌似的喊著，「像我，有像班的人了。」他突然停止跳舞，問：「就像我一樣嗎？」

「是的，就像你一樣。」

「你帶我去找他們？」

現在，阿弗雷多非說明真相不可了，結束歡樂的時候到了。但他就是說不出口。至於泰瑞莎，她對於班心裡所承受的哀傷和壓力畢竟毫無概念，她雖然知道他痛苦，也非常關心他，可是這樣的狂喜、這樣的反應，卻是她無法想像的。她從來沒有經歷過那樣的經歷。她曾經不快樂，她曾經害怕，但是班，他長久以來的感受究竟是什麼呢？

班繼續又唱又跳，聲音大到泰瑞莎開始擔心樓下的住戶：希望他們不在家吧。最後班坐回到位子上對阿弗雷多說：「你明天會帶我去嗎？」

「很遠啊。」阿弗雷多說。「離這裡非常遠。在深山裡，很遙遠。」

「而且我們必須得先去做檢查，你和我一起。」泰瑞莎說。

「我們不必。」班說。

「必須。」泰瑞莎說。

「必須。」阿弗雷多說。

班明白了，要想見到他的族人全看他同不同意先去做檢查。現在，有阿弗雷多要帶他去深山見他族人在先，做檢查似乎就成了微不足道的一件小事，他答應明天跟隨阿弗雷多和泰瑞莎去做檢查：阿弗雷多會過來接他們。

他沒有睡，泰瑞莎躺在自己的床上，哭一會，難過一會，同時也想著阿弗雷多才是她要的男人。他喜歡她。如果不是有班隔在他們中間，很可能這一整夜她都會夢著他。想到那些檢查——她好害怕。她只知道他們會抽血。她知道抽血很平常，可是她不喜歡。抽血要打針，她怕打針。現代醫學跟她扯不上邊，她只去醫生那兒檢查過性病，那是她永遠都不想再來一次的痛苦經驗。然而，伊內思講起這些檢查和注射的事，卻是一副從來沒想過有人會對這種事感到害怕的口氣。

她當然也想到，班肯定也醒著，快樂得睡不著。

阿弗雷多臨走時，泰瑞莎趁班不在跟前，悄聲問他，「你真的看過像班一樣的人嗎？」

「是圖畫。」阿弗雷多說。「我在礦坑幹活時，在深山裡發現的。岩石上的圖畫——遠古時代的人畫的。就像我們家鄉那些石頭上的圖畫，只是保存得比我們家鄉好。沒有一點破損龜裂。」

她了解阿弗雷多為什麼不能對班說出實情。她應該告訴他——但她也辦不到。他的快樂似乎把所有的房間都塞滿了，連她也被圍繞在那份快樂當中。她起身到廚房倒水喝的時候，還聽見班稀里呼嚕的嘆息聲和小小的吼聲。他開心到了非要發出一點聲音不可的程度，她忍不住笑了，即便明天的一切令她十分緊張。

第二天早上阿弗雷多到達的時候，班已穿好衣服，梳洗整齊，坐在餐桌旁望著門口等待。最初的一段路程必須坐車，班已經做好心理準備。

他們沿著海濱往前行，班努力避開耀眼的海浪，不久車子駛出了城市，穿過綠油油的田野，牛群在高過半身的野草叢中吃著青草。前面就是山區了。班緊緊抓著車窗的邊邊，為了讓他吸到新鮮空氣，車窗也搖了下來，即使這樣他還是想吐，阿弗雷多只好停車讓班下來。泰瑞莎也跟著下車。班吐完之後，站在路邊凝視著山區：他正想著要用什麼法子逃跑，忽然記起阿弗雷多對他的承諾……他乖乖地上車，不一會兒車子就開上了蜿蜒的山路。他緊抓著泰瑞莎的手，不舒服到了極點，可是她說：「快看，快看，班。」他睜開眼，嚇得呼了一聲，在他們上方，有三個男人身上罩著彩色的、很大的四方形像翅膀的東西，從半空中飄下來。班作夢也沒想過會有這種東西，他說：「那是什麼，他們在幹什麼？」阿弗雷多說沒事，他們只是滑翔翼玩家——「你知道吧，班，那些東西就像大傘，可以把他們從高處慢慢地降下來。」三人乾脆下車觀賞，他們抬起頭，看著那三個滑翔翼玩家緩緩飄過他們，朝著山下望不見的一個降落定點飛去。班目瞪口呆地看著。

「我們可不可以也這樣呢？」他問。

「可以，當然可以。」阿弗雷多說，他心裡十分清楚，不只是班，即便是泰瑞莎也會對這個有錢有閒的玩家世界感到壓迫。在這個世界裡的人就是能夠安然無慮地，在滑翔翼的保護傘下從空而降，他們的生活從來就是安然無慮。「我們當然可以，只要有錢。」

「錢，」班說，「我的錢呢？」

「在公寓的保險箱裡。」泰瑞莎說。現在已經所剩無幾，不過泰瑞莎很有信心，不管她花費了多少，艾力克斯都會如數償還。

「你想玩是嗎？」阿弗雷多問，他確實好奇班對這些飛翔玩家是什麼樣的看法。在他們的注視下，那三個飛人已經消失在山腳下。

班沉默地望著，他們沒法知道他在想什麼。

他們三人回到車上，繼續往山區行進。山野的風景真美，泰瑞莎想著，真是賞心悅目啊。但是班始終雙眼緊閉。他們不得不再次停車，他很可能又要暈吐了。

到達了他們耳聞已久的「研究所」，原以為是一棟建築物，眼前看到的卻像一座小城：四周散落著許多低矮的建築，位在中間的幾棟比較高大，其中一棟上面用很大的黑色字體標著「醫院」兩個字。全世界多的是類似的醫院、藥房、實驗室、研究所、觀察站，然而這些機構的功能卻始終模糊不清。班和泰瑞莎還在傻傻地找尋所謂「研究所」的時候，車子已停在一棟和其他屋子完全相同的建築前面。阿弗雷多為他們打開車門。他顯得緊張不安。因為他聽從指示，絕對不可以接近某些建築物，也不可以向班和泰瑞莎透露任何相關的訊息。那些建築物裡所進行的，是這裡所有工作人員都引以為恥的一些事情，即便他們的工作領域各不相干，至少也令他有一種戒慎恐懼的心情。現在阿弗雷多對班的感覺不只是好奇和興趣而已——人人都對他好奇——他更為班感到難過，還有歉疚，他不但提到那些岩石上的圖畫，而且還告訴班他看過像他那樣的人。當時他沒想太多，更沒想到這件事的後果有多麼嚴重。等到他把實情告訴班的時候，班的感受又豈止是失望而已。然而，眼前的麻煩是：這些人——阿弗雷多並不喜歡這些雇主——這些人究竟對班有什麼樣的計畫？他們一再警告，不可以讓班知道那個壞地方——或者就像大多數人所說的「牢籠」——這意味著，他們確實是有某種傷害的意圖。阿弗雷多一點都不喜歡這個研究所，他只喜歡泰瑞莎，當他嘴裡說這些檢查沒什麼壞處，當他向她露出安心保證的笑容時，事實上很多話他只是沒有說出口而已。班和泰瑞莎被帶進一間有著各種儀器的大房間，阿弗雷多先去停車；他原本希望停車回來再陪伴泰瑞莎，不料他被指派了其他的任務。

大房間裡有兩個穿白色工作服的年輕女性。一個是伊內思，她的工作服是借來的：因為他們認為有她在，或許班會比較安心。他非常害怕，泰瑞莎也是，但她決心不顯露出來。

另一位女助手，在事前已經受過嚴格的指示。她請班坐在泰瑞莎身旁「協助」泰瑞莎，握住她的手，泰瑞莎挨著一張矮桌坐著，伸出手臂，套上橡膠套，充氣量血壓。接著輪到班。量血壓的時候他咧開嘴笑，助理不懂他咧嘴的意思，反而很安心。班討厭那橡膠套箍緊他手臂的感覺。這時助理跟泰瑞莎說，要從她的手臂抽血了。當針筒裝滿了深紅色的血液時，泰瑞莎閉起眼睛把臉別開。現在輪到班：他會同意抽血嗎？

「來吧，班，」泰瑞莎說，「你也要抽血，像我一樣。」

班不反對，他看著針頭扎進手臂，看著針筒注滿血液。這景象對他來說並不陌生：他小時候常做。事實上他比泰瑞莎還來得習慣，泰瑞莎的童年當然不會有這類昂貴的醫療照護。到目前為止，一切都很好。現在，檢查眼睛。不知從哪裡又冒出來一個女的幫他做這項檢查。他最近才在尼斯的眼科醫師那兒做過這些檢查，所以也不在意。

再來是耳朵……伊內思請泰瑞莎問班有沒有做過聽力檢查，泰瑞莎說：「妳為什麼不自己問他？」她的語氣壓抑又不滿。她發現自己沒有辦法直視眼前這個內疚又傲慢的伊內思。

「你有沒有做過聽力測試，班？」伊內思問。

班知道自己的聽力比任何人都來得敏銳，他只回答：「有。」

他忍受著那些儀器探入他的耳朵，讓光線照進耳內。

接著是驗尿：伊內思以為他會當眾尿尿嗎？——像動物那樣？泰瑞莎心裡想著——班拿著小瓶子，四處找遮蔽的地方。「屏風。」伊內思下命令，聽在泰瑞莎耳裡，她的聲音尖銳輕蔑。班就在屏風後面小便，把小瓶子帶出來。

他們剪了一點他的頭髮、指甲，還刮了一點皮屑。

所有的檢查班都耐著性子，沉默、麻木地接受——始終是那副咧著嘴的笑容。

現在他們要拿鐵箍夾住他的頭，檢測他的腦活動量，班一看見這個儀器立刻退到門口，想要逃，泰瑞莎（在伊內思的提點之下）大聲鼓勵他，她也要做這檢查的。這次班不為所動。

伊內思說：「好吧，我們先照X光。」

泰瑞莎願意先試——這是她生平頭一遭拍X光。很長的一個過程。腿，手臂，腳，骨盆，脊椎，肩膀，頭頸。唯獨沒照頭，以免嚇到班。他站在一旁，全程監看著，照片拍出來遞給泰瑞莎和他的時候，他看著泰瑞莎的骨頭似乎很感興趣。

「你以前照過X光嗎？」伊內思問。

「照過。」班說。「有一次我摔斷腿。」

伊內思不耐煩地嘆了口氣，意思是他應該早告訴他們才對，不過她只說：「那你不會介意讓我們拍吧？」

他很有耐心地拍完全程，泰瑞莎陪在他身邊，伊內思守在一旁戒備著。

時間已經到了下午。

班說：「我餓了。」

他們不想引起騷動，沒帶他去員工餐廳。就買了幾個三明治。泰瑞莎也很餓。班向來不愛吃麵包，他只把三明治裡夾的肉取出來吃。泰瑞莎又叫了水果，他狼吞虎嚥吃個精光。

伊內思說他現在必須在頭部貼上電線，做腦部檢查。

「不要。」他說。接著連聲的大喊，「不要，不要，不要，不要！」

原定計畫是要檢查他的消化系統、血液循環、呼吸；還有好多項目要做，腦部檢查是最重要的一個項目。班一面大吼，「不要！」一面拚命跺腳。

伊內思出去打電話，她苗條小巧的身體在白色工作服底下，透露著鍥而不捨的決心，泰瑞莎看得出來。

「我要回家。」班說，他指的是里約的家。

伊內思回來了，笑得燦爛虛偽，她不看泰瑞莎，因為泰瑞莎很清楚他們又擬定了新的騙局。伊內思說，阿弗雷多會送他們兩人回去。

下山的路迂迴曲折，班嚴重暈車，他們不得不停下兩次。最後總算開上了濱海公路回到公寓。阿弗雷多在公寓裡待了很久，終於說出他們要班明天再去做一些檢查。他知道班一定會說不，果然。

阿弗雷多和泰瑞莎親密地站著，看著彼此。他們的眼神說得清楚明白，他們要保護班，他們對所發生的一切憤憤不平：同時，那眼神也說明了彼此的濃情蜜意。要不是因為班在那兒用拳頭使勁捶著桌子，他們倆可能早已投入彼此的懷抱，或者互吐衷曲。他們兩個心有靈犀，彷彿認識了一輩子。在幾個月之後，有情人終成眷屬。最起碼他們的故事有了一個幸福圓滿的結局：諸事順遂。

阿弗雷多走了，泰瑞莎和班坐在桌旁，泰瑞莎為他煎了許多牛排，他真的餓壞了。

泰瑞莎焦慮到睡不著，她知道那些人正在策畫某種陰謀詭計。她也聽見班在他的房間裡來回走動，好在他並沒有用腦袋撞牆。

第二天早上來了一通電話：路易士・馬沙度說要過來討論班的事情。泰瑞莎把這事轉告班，這下她真的聽到撞牆的聲音了。她一動不動地在餐桌旁坐了半晌，呼吸急促十分害怕：她慢慢地用手梳理著那一頭黑色的長髮，彷彿想藉此理順她自己的人生。她就這麼坐著，等著，告訴自己現在她必須堅強，必須捍衛班——也捍衛她自己。過去她只要一想到這些有權有勢的人，就會昏倒甚至逃跑，然而現在卻有人盼著她能夠勇敢地迎戰，對抗他們：這些受過高深教育，對現代知識無所不知的人。是誰在期盼她？是她自己。是阿弗雷多。是可憐的班。

路易士・馬沙度並不是一個人前來，跟著他一起來的是個叫史蒂芬的美國人。史蒂芬某某教授——她不會念那個字：不知是根拉克，還是宮拉克——這人是個瘦削的高個子，一臉的骨頭，嘴大暴牙。兩隻眼睛陷在兩個骨頭窟窿裡，眨眼的時候，那眼球似乎就要彈到她臉上似的。他來自美國某個很有名的研究機構：她之所以知道有名，因為他在報出名字的時候，非常希望她表現出聞名已久的樣子，也因為她的毫無反應，他認定她是個無知的蠢貨。

班走進客廳，她了解這兩個男人很希望她能把他支開，方便他們跟她私下討論班的問題，叫她聽命行事。因為擔心自己的聲音會發抖，她只得大聲對班說：「這位是路易士・馬沙度——你見過的，班。這位是教授，史蒂芬……根拉克……」

「甘拉克。」他立刻糾正，表示他的氣憤。

「甘拉克教授。」她小心翼翼地重複一遍。「他來自美國，跟艾力克斯一樣。」她轉向他們說：「是艾力克斯帶他來的，來拍電影。」再對班說：「坐下來吧，班。沒關係的。」

她看出這兩個男人這下沒戲唱了。她相當得意：她不要讓班像個下人般，隨便被人家打發走。

短暫的沉默之後，史蒂芬・甘拉克教授傾身向前，說：「這事非常重要，真的非常重要。」他咬文嚼字地，一個字一個字吐出來，每個字都像冰冷的彈珠似的蹦到她面前。他的眼神冰冷、痴狂。她極少討厭一個人到這種地步。「妳必須明白這點，泰瑞莎——」

「我叫泰瑞莎・阿維斯。」她插口說。

這句話令他大吃一驚。他坐在那裡猛眨眼。待恢復之後才接著說：「阿維斯小姐，這可能是我這一生最重要的一次發現。妳必須要了解這一點。這是千載難逢的一個機會。這個……班，千載難逢。」

「班・洛瓦。他的名字叫班・洛瓦。」

這下他真的啞口無言。那張暴牙的大嘴氣急敗壞地衝著她，他轉向一旁優雅冷靜、文風不動的路易士・馬沙度求救。

班聽著，咧嘴笑著，四處瞧著，彷彿房間哪個角落會開出一條逃生的路線——逃入只有他才知道該怎麼走才逃得出去的樹林子。他又想到了，阿弗雷多說過，確實有像我一樣的人；他真想大聲地說出來，只是現在他實在太害怕。

泰瑞莎冷靜地說：「只要班同意，就沒問題。如果他不同意，那你們誰也別想逼迫他。」

史蒂芬教授張著他那演說家的大嘴準備抗議，他的身子用力往前傾，舉起一隻手，這時路易士卻贊同地笑了笑說，這不是逼迫的問題。他這句話是用葡萄牙語說給她聽的；為了顧及他的同事，他又改用英文說：「讓他了解狀況是必須要的。」他再用葡萄牙語對泰瑞莎說：「妳不明白這事有多麼重要。這是甘拉克教授的研究領域。他是世界級的權威。這件事對全世界都非常重要。」

「你們愛怎麼說隨便。」她先用葡萄牙語說。再大聲地改用英語說：「可是我對班有責任。艾力克斯·貝爾把班·洛瓦託付給了我。」

她知道路易士多少會從伊內思那兒聽說過艾力克斯；她很擔心他或許也知道艾力克斯已經不打算找班拍片的事。電影公司的薪水單上有班的名字還是有用的，即便只是掛名，也好過一個沒人要的可憐蟲。

她大聲說：「這必須由班自己做決定。」

兩個男人面面相覷：他們在心裡盤算，她知道。

她突然想到一件事，立刻說：「班有護照。」

她奇怪自己怎麼沒早想到這點。

這句話使得兩個男人都愣住了：他們當真沒料到這一點。

她說：「他是英國人。」她不懂也不認識公民這個詞。「你們不可以強迫他做任何事。」

短暫的緘默：這兩個人心裡有了默契，他們的決心並沒有因為聽到班的合法身分而動搖。路易士率先站起來，美國人也跟著站起身。他們非常正式地向她道別，路易士稱呼她「泰瑞莎女士」，甘拉克教授稱她「阿維斯小姐」。他們走了，兩個人都不看班。

事後阿弗雷多來電話說事情不妙。他們下令要他開車來里約，好好跟班談，如果班仍然拒絕跟他回研究所，他就必須用武力強迫。

「他們不能這樣。」泰瑞莎說。「他們怎麼能這樣？」

「我拒絕，」阿弗雷多說，「我明白告訴他們，不行。現在我失業了。」

「你沒地方去就來我這兒吧。」她說。她是想知道阿弗雷多有沒有結過婚，或者有沒有別的女人，有沒有其他地方可去，阿弗雷多說：「幸虧我沒住研究所的宿舍。我住朋友家，我跟他合住。」——他明白她這句話的用意。「我明天就會來看妳，泰瑞莎。」

第二天早上他到達的時候，公寓的門敞著，而且破了，泰瑞莎和班都不在屋裡。

事情是這樣的。她和班吃完早餐，兩個人都很緊張不安，總覺得會出事，卻又不知道會發生什麼，泰瑞莎說她必須上街採買。她囑咐班待在家裡，不要應門，除非來的是阿弗雷多。班聽話地坐在餐桌旁，忽然門鈴聲大作，「是阿弗雷多嗎？」緊接著是連串的敲門聲，敲得又急又吵。班不吭聲，他知道剛剛不該開口。有人在撞門，兩個男人衝進來，一邊一個架住他的臂膀。他掙扎，他們拿布堵住他的嘴不讓他出聲，把他架進電梯，然後押進一輛車子。他們搖上所有的車窗，綁住班的手腕、膝蓋、腳踝，由他在後座翻滾，車子飛快地駛入山區。中間他們不得不停下來一次，因為班暈吐，塞在他嘴裡的布上都是嘔吐物，噎得他透不過氣。他們只好把破布抽出來，倒了一些廉價的葡萄酒——他們身上只帶了這個——清理了一下他的嘴巴，再重新把這塊髒布塞回他嘴裡。到了研究所，他們沒有開往昨天來的地方，而是阿弗雷多曾經提醒過別讓他看到的「那個」地方。僱人幹這種擄人的勾當不是難事，在世界各地屢見不鮮，里約當然不例外。

泰瑞莎採買回來發現門戶大開，而且被撞壞了。班也不見蹤影。這感覺就像一拳打中了她的橫膈膜，幾乎斷了氣。她癱倒在桌上，頭枕在攤開的手臂上。她第一個想法就是，阿弗雷多快來了，他會有辦法的。她並不知道他早已經來過，現在正全速開回研究所去察看到底出了什麼事。泰瑞莎接著又想，或許艾力克斯會來。可是兩天前他才來過電話，說他要去探訪另一個部落。他稱呼他們為，「我的印第安族人。」

泰瑞莎從沒想過她可以打電話向英國大使館通報，有一名英國公民被綁架了。她不知道一個國家的公民具有這樣的權利，她以為護照只是官方尊重的一個身分證明。她常常翻看艾力克斯的護照，他的護照上有許多簽證，她當時還想著：將來或許我也會有這樣的護照。我也可以旅遊那麼多的國家。

一時間她毫無頭緒，稍後才想起阿弗雷多沒來，他應該會來電話向她說明原因啊。她沒辦法靜下心來等，她在屋子裡盲目地打轉，甚至撞到一張椅子。她把窗戶開大，讓熱呼呼的空氣透進來。慢慢地，她腦子裡裝的全是伊內思的影像。對，伊內思：她打電話給伊內思，一聽見對方的聲音，立刻說：「聽著，我是泰瑞莎……」她說得飛快，語氣果決，「不要掛斷，伊內思，千萬別。」從伊內思的呼吸聲聽得出來她很害怕。「班在哪裡？」泰瑞莎問，「他們把他帶走了。他現在人在哪裡？」

她聽見軟弱無力的一聲「我不知道」，便冷冷地說，語氣之冷，令她自己都感到意外，「妳知道。妳當然知道。他是不是在我們前兩天去過的地方？」

「不是。」伊內思說。一陣靜默，兩個人都聽得見彼此的呼吸聲。泰瑞莎先開口，

「我要殺了妳。妳要是不幫我，我就殺了妳。」現在伊內思終於了解窮人粗鄙的生活為什麼那麼吸引她，還有她為什麼那麼喜歡巴結泰瑞莎了。這幾句話令她全身充滿了恐懼的刺激感，甚至連眼睛都在隱隱作痛。她抖著聽著。「妳是我的朋友，我的朋友，伊內思。妳居然做出這種事。」

「我不知道，」伊內思勉強迸出一句。「我不知道他們會這麼做。」

「妳現在知道啦，伊內思。妳知道他在哪裡。」

伊內思確實知道，她親眼看到載著班的那輛車子開過去。研究所的人統統知道。大家擠在窗口，聽著車子裡發出來的悶吼聲。有人還說看見班在車裡拚命掙扎。伊內思知道——大家都知道——他們要把班帶去哪裡，她不忍。很多人都覺得不忍。之前在實驗室為班做檢查的助手十分震驚。她說的話很快傳遍了整個研究所。這個雪人，這個怪胎，其實是個很懂禮節的生物，幾乎就像一般的正常人：他不應該遭受如此對待。大多數人都對「那棟」建築物裡的所作所為感到不安、可恥，因為班的緣故，使得整個事件透明化了——話傳得很快——班是被綁架來的。

這時伊內思聽到泰瑞莎說：「妳一定要來接我去。我要找到班。我非去他那兒不可。」

「我不能，」伊內思說，「我不能丟下我的工作。」下一句會聽到什麼，她心裡早有數：「伊內思，我不是開玩笑，我真的會殺了妳。我認清了妳，妳就是個壞人。」泰瑞莎繼續命令她來里約接她，刻不容緩。「班有護照的，伊內思。他們不可以這麼蠻幹。妳去告訴他們。」

通電話的這段時間，伊內思人就在實驗室。昨天那名助理在一旁聽著，氣憤不已地對伊內思說：「他們為什麼要這麼做？他又不是禽獸。」

伊內思趁她的主管——路易士沒發現的當口，趕緊開車下山直奔里約，她想著自己很可能就此丟了差事，雖然她認為事情不至於如此。這件事從頭到尾是違法的。她非常清楚，他們的計畫就是要把那個班——她對他毫無感情，甚至沒把他當人看——在適當的時機把那個班帶離研究所，然後徹底消失。很多人都會無緣無故消失。路易士——不對，不是路易士，是那個美國人在策畫，而她相信他是對的：研究所裡人人都怕丟了這份得來不易的寶貴差事，他們當然會守口如瓶。至於她，她何罪之有？頂多不過擅自離開辦公室幾個小時罷了。她開得飛快，到達的時候發現泰瑞莎已經在等著。她提著旅行袋，給班帶了幾件衣服和墨鏡。她還沒思考待會兒她——她們——見到了班之後該怎麼做。就在伊內思到達之前，阿弗雷多來過電話，他聽研究所裡接替他位置的那個司機說，班被帶去了那個壞地方。阿弗雷多要泰瑞莎先去他的住處，就在離研究所不遠的村子裡。到時候他們再決定怎麼營救班。

開往山區的整段路程非常安靜，誰也不說話。泰瑞莎看著駕駛座上伊內思的側臉，冷靜，清純，對立——還有歉疚。她真怕這又是一個陷阱：會不會伊內思也打算綁架她？阻止她去救班？突然——她不經考慮就衝口而出——直接開問，伊內思一聽之下哭了出來，她說，泰瑞莎對她太不公平，也太無情——綁架班的人不是她吧？

她們抵達了阿弗雷多叮囑她下車的地方，伊內思聽見泰瑞莎下車的時候說：「妳去傳個話，說他們做了一件錯事，大錯特錯。警察不會放過他們的。妳去轉告他們。」

伊內思壓根不會去說，她只希望沒人注意到她蹺班。

泰瑞莎站在煙塵飛揚的小路邊，炙熱的太陽照著她，她望見阿弗雷多從一棟小屋走了過來。他們倆相視而笑，這一刻似乎遠離了對班的焦慮，他一手攬著她走回他的住處。

現在時間下午三點左右。阿弗雷多知道班的去向，他告訴泰瑞莎。他說等到天一黑，他們就趕過去。夜裡那些牢籠無人看守——不過今晚，因為班的緣故，可能會有。接替他的司機說，班已經被下了藥。他在車子裡偷聽到路易士和那美國人說話。路易士顯得有些猶豫：就為了「護照」那兩個字。史蒂芬堅決到底。「這人有點像瘋子，」安東尼奧，阿弗雷多的這位朋友說，「他就像撿到骨頭的狗。說什麼都不肯放手。」對於那些牢籠，安東尼奧要比阿弗雷多更清楚。他說必須準備一把鋼絲鉗，到了那邊，第一件事就是剪斷警鈴的電源。警鈴直通全夜有警衛駐守的辦公大樓。之後阿弗雷多有什麼打算？阿弗雷多把計畫告訴了他。安東尼奧說如果要逃亡他也跟進，因為他肯定會丟了剛剛才到手的這份差事。

現在泰瑞莎和阿弗雷多詳細討論計畫。只要能夠讓班順利離開里約，他們相信就不會遭到追捕。阿弗雷多告訴泰瑞莎，如果他們敢追過來，勢必驚動里約的英國領事。泰瑞莎聽得津津有味，她這才知道外國的公民是如何受到自己國家的保護，免於在地的各種傷害。她作夢也沒想到政府會對一個像她這樣的小老百姓關懷到這種地步。問題是，他們現在面對的是美國教授，一個瘋子。安東尼奧說這人瘋了，她一點都不驚訝：她覺得他就是個瘋子。她似乎又看見那張滿口暴牙的大嘴在對著她說話，他那對綠色的眼睛卻目空一切，什麼也沒看進眼裡，這人的注意力全部專注在他內心著魔的事情上。

「有這麼重要嗎？」她忽然問阿弗雷多。「查清楚班究竟是什麼人種，有這麼重要嗎？」

「他們說他肯定是一種返祖現象——很久很久以前的人類。幾萬年吧。他們可以從他身上發現古早的人類是什麼樣子。」

這想法確實吸引了泰瑞莎，這是她對班關注之外的另一種吸引。和關心不同。他在她心中的感覺就像一個孩子——一個全然無助的孩子。她才不管什麼古代人不古代人。她就是疼惜可憐的班。

在談話當中，在這間簡陋燠熱的房間裡，他們喝著可口可樂，又想到了一個迫切的大問題：班深信阿弗雷多真的知道班的族人在哪裡。

「我們得對他實話實說。」泰瑞莎說，她想起班的開心喜悅，他整個人歡騰起來的樣子。話雖這麼說，她自己也難免畏縮。告訴他實情，告訴他那一切都是幻覺，只是岩壁上的一些圖畫而已……這實在太殘忍，太可怕了。可是他不能不知道事情的真相。

「我們可不可以帶他去看岩壁上的那些圖畫？那總比什麼都沒有來得好，你覺得呢？」

「我在胡胡伊附近礦坑幹活的時候，曾經上去過那邊的大山——非常高，泰瑞莎。我喜歡一個人待在那樣高的山上。可是那真的很高很高，不像我們家鄉的那些小山。沒什麼人上得去。有天我睡在山上，第二天早上醒過來——就看到面前的岩石上出現這些圖畫。太陽光照在上面，看得很清楚。但是岩石背光的時候，就算妳經過它也看不見……不管怎樣，我們都應該去一趟。」

班還剩多少錢泰瑞莎最清楚。她存了不少下來，不該用的錢，她一毛都不肯花。阿弗雷多自己也有些存款。買三張廉價機票綽綽有餘。「沒問題。」阿弗雷多說，「我叫我朋友開車載我們過去就行了。我有不少朋友。我在礦坑做過三年，我可以再回老本行。不過里約那邊我得暫時離開一陣子，至於理由——我以後會跟妳說的，泰瑞莎。」

他們兩個都在想著同一個問題，如果他回礦坑工作，泰瑞莎也陪著他一起，那麼她在里約所做的一切努力就等於白費了。胡胡伊那邊會有劇院、舞蹈團、電影人嗎？她問。阿弗雷多的回答是：「在礦場工作，錢賺得多。他們都認識我。我在那兒待個一年左右，妳就在里約等我。」這是兩人第一次挑明了彼此的心意。「我們可以在胡胡伊結婚，安定下來——一年很快就會過去。」泰瑞莎回顧自己在里約這三年時間裡的點點滴滴，經過那麼多的人和事，對她來說，那是多麼漫長的一段記憶。「我們等以後再談吧。」看見她臉上遲疑的表情，他立刻說。

天色漸暗。山丘樹林間，已經能瞧見研究所的燈光。他們帶著鋼絲鉗，靜悄悄地走著，一副像要去參訪研究所員工宿舍的樣子。走過宿舍之後，他們便進入了環繞研究所周邊的森林。這幾個在山野中長大的孩子對於森林當然不會害怕。他們健步如飛，沿著小路向前行，研究所的辦公大樓到了，很快又過了，然後，就在前面幾百碼的地方，燈火通明，有好幾棟各自獨立的建築物。裡面不斷傳出陣陣嚎叫和哭喊的聲音。這就是那個壞地方了：泰瑞莎知道。阿弗雷多很小聲地說：「我不喜歡到這裡來。」

班在哪裡呢？他們站在樹林邊緣，看著這些散亂的建築物，不知道該往哪個方向走。忽然泰瑞莎聽見了斷斷續續的碰撞聲，砰、砰、砰，碰撞聲一再重複著。「他在那裡，」泰瑞莎說，「他在那裡。」她跑過空地，衝向那棟建築物。他們愈接近，那碰撞的聲音愈大。現在天色完全暗了。這棟建築物的正面亮著燈光，他們偷偷繞到後面，看到幾扇窗戶。窗戶開著，傳出一股惡臭。阿弗雷多和泰瑞莎一前一後爬上了窗檻。天花板上有一盞小燈。層層疊疊的籠子裡關著猴子，有大有小。這樣的排列，上層籠子裡的排泄物肯定會落到下層那些動物的身上。還有一整排脖子被固定住的兔子，化學藥品不斷往牠們的眼睛裡滴。有一隻大型的雜種土狗，從肩膀到髖骨全部被切開過，之後又再亂七八糟地縫合起來，躺在骯髒的乾草堆上不斷呻吟，牠的屁股上都是結塊的糞便。（這狗六個月前被人剖開，之後一次又一次地把傷口拆開，查看內臟運作的情形，還用過各式各樣的藥劑做試驗，再像痲布袋似的把傷口縫住。傷口的邊緣有小部分已經癒合結痂，透過這些傷口看得見裡面顫動的器官。）關在籠子裡的猴子一隻隻伸長了手，像極了人類的眼睛不斷在乞討求助。泰瑞莎無視這一切。她只注意班，班跪在他的牢籠裡，不斷用頭砰砰的撞著籠子的金屬網。他沒被下藥：史蒂芬教授要他保持原封不動，不受任何汙染。他，這個從出生就穿著衣服的生物，現在全身赤裸著。籠子的角落裡有一堆糞便。

「警鈴。」泰瑞莎對阿弗雷多說，他四處找電源線，班一聽到她的聲音馬上坐起來大吼，仰頭看著她。「別出聲，班。」泰瑞莎低聲說。「我們來帶你走。」他的眼睛

——他的眼睛怎麼了？在微弱的光線底下，他的眼睛看起來像兩個黑洞，流露著恐懼和悲痛。「班，班，別出聲，千萬別出聲。」他不吼了，但他的呼吸聲就像呻吟。阿弗雷多終於找到警鈴的電源，把它剪斷。緊接著他就開始嘔吐：因為臭味，臭得令人受不了——還有悶熱。

他動手剪開班的籠子，那鐵絲網是猛獸專用的——極粗。泰瑞莎忽然看到一個籠子裡有隻白貓仰面躺著，一隻生育過的母貓。好幾條電線從繫在籠子上的一個儀器穿進牠的腦袋。四隻小貓在吸奶：每隻小貓的腦袋上也有電線。母貓看著泰瑞莎，那控訴的眼神令她恨不得用手蒙住自己的眼睛。班的牢籠被剪開了一個大洞。「安靜，別出聲，班。」泰瑞莎悄聲地說，她伸出手臂想要抱住他。他很髒，全身哆嗦。令他們大吃一驚的是——這看來被擊垮的無助的可憐人，竟然縱身一躍，離開她的懷抱，跳出窗戶，跳進了黑暗之中。他朝著森林狂奔，泰瑞莎和阿弗雷多在後面追。「停下來，班！那邊有很多人，不要跑遠了，快過來。」她和阿弗雷多小心謹慎地在黑暗的密林中移動，他們聽不見任何動靜。她只知道班就在林子裡。「我現在要坐下來了，班。阿弗雷多也是。他是朋友。快過來，到我身邊來。我們先帶你去阿弗雷多住的地方，然後我們馬上離開。」

寂靜無聲。除了細微的森林低語。後面，他們剛剛離開的那棟建築物裡，猴群發出可怕的哭嚎聲。那是地獄，世界各地只要有人類文明的地方，這樣的地獄比比皆是。

「班，班，快過來我這裡啊，班。」

一陣臭味告訴他們，他來了。

「妳可不可以帶我到跟我一樣的那些族人那裡？」他們聽著。

「好的，好的，班。我們會的。」泰瑞莎說，她對他的絕境感同身受。

他來了，蹲在他們身邊，顫抖著。

「好，現在安靜地跟著我們，別出聲，班。一點聲音都不要有，班。」

在森林裡沒有問題，他們隱藏得很好，但還必須穿過一塊空地，有被發現的風險。所幸大部分人都在屋裡吃晚餐。他們聽見電視和收音機的聲音，還有嘈雜的說話聲。阿弗雷多說：「現在，快跑。」泰瑞莎跟著說：「快跑啊，班。」三個人快跑，跑過黑漆漆的小路，藉著屋裡射出來的燈光，拚了命地跑回阿弗雷多的小房間。

泰瑞莎馬上把班推進浴室，幫他刷洗，一直沖洗到他腳邊的水完全清澈為止。她把他拉出來，擦乾，穿上她帶來的乾淨衣服。阿弗雷多給他拿來果汁和水果。他要喝水，不想吃東西。他兩眼盯著泰瑞莎，那乞求的眼神：就像那些猴子，她在心裡想著，雖然在當時她並沒有特別注意那些猴子。

「誰准許他們做那些事情的？」她問阿弗雷多。

他不吭聲，咧著嘴傻笑——她看得出來——那笑容裡有著愧疚，她說：「喔，科學。」

班現在不抖了，只是好像不敢正眼看他們。他蹲在椅子上，垂著拳頭，腦袋往前杵著，眼睛裡盡是痛苦的懼意。

「我們會開車把你送回里約，」泰瑞莎說，「明天先上飛機。」

「去找我的族人？」

「對。」她無可奈何地說，甚至不敢正視他。他們該怎麼辦啊？

午夜時分，研究所員工的宿舍關燈了，周遭沒有絲毫動靜，他們三個躡手躡腳爬出來，聽見一隻狗在吠，安東尼奧早已在車上等候他們。四個人連夜開進市區。到達公寓的時候已是深夜。那扇破門釘上了一些木板，大概是管理員釘的吧。

他們要班上床睡個好覺。不必怕。阿弗雷多、泰瑞莎和安東尼奧三人商議著。安東尼奧也在礦場工作過。他把身分證明攤在桌上，對阿弗雷多說：「你的證件沒問題吧？」

阿弗雷多從內袋抽出他的身分證明，放在安東尼奧的證件旁邊。泰瑞莎看得出這兩張證件曾經出過一些問題，不過現在都攤平了。他們看著她，她從包包裡拿出證件，三張證件並排擺在桌上。她想著艾力克斯的護照，她發現這三張次等的身分證件，十分礙眼。

「總有一天我要拿到真正的護照。」她對阿弗雷多說。安東尼奧驚訝地笑了起來，阿弗雷多還沒笑出口就打住了，因為從她臉上看得出她不是在說笑。「一本小書樣子的護照，像外國人有的那種——像那些美國人的。」阿弗雷多點點頭，等著她說下去。她用不屑的手勢朝那張證件揮了一下，「這個不夠看。」她說。

阿弗雷多考慮一會，說：「好，我這就來給妳做一本。」他站起來，在抽屜裡找了幾張紙，摺成一本小書的樣子，拿到桌上，坐下來，手裡捏著圓珠筆，很嚴肅地看著泰瑞莎。她忍不住笑了，安東尼奧也是。

「你們兩個真是瘋了。」安東尼奧說。「發神經啊。」

「名字？」阿弗雷多一本正經地問。

「泰瑞莎．阿維斯。」

「唐娜．泰瑞莎．阿維斯。妳的頭髮是黑色的嗎？」

此後，在他們有生之年，這一幕會不時重現，一方面為了刷新彼此的記憶，也為著告訴他們的子孫，當年阿弗雷多是如何認識泰瑞莎，她的人、她的生活、她的一切——當時的安東尼奧就坐在一旁微笑點頭，而班就在隔壁的房間睡覺。

「深褐色。」泰瑞莎說著，抓起一縷給他看。

「在陰影底下是黑色，在陽光下是褐色。」阿弗雷多說。「我看得很清楚，就寫黑色。」他寫好之後又問：「妳的眼睛，我看是黑色，不過他們應該不會細看。我寫黑色如何？」

「行。」

「妳——多高？」

她告訴他。

「跟我身高差不多。相當高。妳身上有沒有什麼明顯的胎記或特徵？他們很重視這一點。」

「我有一顆痣，在我的——背部下方。」

安東尼奧放聲大笑。

「在妳屁股上？」

「對，肩膀上也有一顆。」她順手拉開領口，他看了一眼。

「這兩顆痣就留給我們自己吧。」他說。「還有別的嗎？」

「這疤是我幫山羊摘南瓜的時候摔著的，我摔在一塊很尖的石頭上。」她伸出胳臂：有一條細細的白色痕跡，從手腕一路通到手掌的頂端。

「這個他們沒必要知道。」阿弗雷多說。「好了。身高、髮色、眼睛的顏色——這些應該夠了。你們的村子叫什麼名字？」

「跟你的一樣。塵土村，塵土省，塵土國。本名叫做艾爾加哥。」

「就寫這個名字。妳的出生年月日？」

她遲疑著，她不敢確定是不是該讓他知道，她的真實年齡要比她虛報的小好幾歲。

他看出她的為難，就說：「就寫跟我同年吧。現在只缺照片了。」

他畢恭畢敬地把這本紙摺的小冊子交給泰瑞莎。「妳的護照，泰瑞莎小姐。」她從椅子上起來，接過護照，還對他屈膝為禮。

他們三個就這樣閒聊著打發時間，安東尼奧說他打算跟隨他們去胡胡伊，再去礦場。他覺得暫時離開里約一陣子會比較開心。天亮了，兩個男人喝過咖啡便去安排航班的事。

泰瑞莎走進班的房間，發現他醒著，她勸他要勇敢，更要有耐心。不管再有誰來這裡，她都不會讓他們靠近他。她要把他鎖在房間裡，絕不再讓他受驚嚇。她說這些是因為她相信「他們」一定會追過來，現在大門破了，根本擋不住他們。她給他喝果汁，叫他好好睡一覺，萬一有人來，千萬別出聲。

果然不出所料，她聽見外面有人。她開了門說：「看到沒，你們派來的那些賊把這門弄成了什麼樣子？」——她搶先興師問罪，眼前這兩個人，她心想著，倒像是追捕犯人的警察。「請坐。」她說，她自己也坐下來，來的兩個人兩眼直盯著班的房門。

路易士坐上主位，他做慣了發號施令的老大。美國人坐在泰瑞莎對面，他那兩隻冷峻的凸眼在冒火。

泰瑞莎立刻發動攻勢：「你們的做法太惡劣了。居然偷偷把他帶走，他可不是你們的財產。」這些話她明明是對著路易士說的，他卻說：「怎麼怪我呢？這事跟我一點也扯不上關係。研究所的那個部門跟巴西也沒有任何關係：那是歸獨立的國際管轄。」他停下來，等著史蒂芬・甘拉克接話。史蒂芬沒開口，反而扭轉身體專心盯著班的房門。

「可是你們兩個都來了。」泰瑞莎抓住她認為的重點。

「我只是甘拉克教授的老朋友。」路易士說。

「可是你明知道是那些人跑來把班帶走的。」

「我就是──代表甘拉克教授來致歉的。」他再度向教授使了個眼色。仍舊沒見反應。

「確實做得太超過了。不該破門而入。」

「如果希望我們主動把班交給你們，幹麼要派那些混混過來？他們不過是些小流氓。」不等在座的兩個男人發話──那美國人似乎根本不想開口──泰瑞莎又接著說：「你們把班像畜生似的關在籠子裡，連衣服都不給穿。」

「我說過了，」路易士・馬沙度說，「那跟我們的研究所一點關係都沒有。這顯然是個誤會。」

泰瑞莎說：「這誤會應該是你們沒料到我們會發現吧。」

路易士倒是點了點頭，承認她說得沒錯，同時，他也很佩服她的敢言：她當然知道——從伊內思那兒知道——他是多麼舉足輕重的一號人物。

史蒂芬・甘拉克忽然開口了，感覺就像完全沒聽見他們的爭辯似的。「妳不可以留著他。妳就是不懂，對吧？」

「我知道你要拿他做實驗。我懂。我都親眼看見了……」她用兩根手指指著自己的眼睛。

他趴過桌面逼近她，握起拳頭，臉色氣得發青。「這個……樣本可以解答許多問題，非常重要的問題，在科學上太重要了——世界的科學。他可以改變我們對人類歷史的知識。」

泰瑞莎感覺自己遭到了迎頭痛擊，擊倒的是她對知識、教育既有的莫大敬畏和尊重：那個領域，就像通往未知的一扇窗，那是她由衷的景仰和崇拜——她突然痛哭起來。她懊惱地告訴自己，她哭是因為太累了，但是真正的原因她心裡知道。看在路易士眼裡，他卻認定這個不知天高地厚的女孩害怕了，她在挑戰權威，而且因此要惹上大麻煩了。對於甘拉克教授的想法，他更是瞭如指掌——基本上他並不喜歡這個教授——他覺得泰瑞莎就像一隻拚命踮起後腳，想要威脅大貓的小老鼠。

至於這位教授，泰瑞莎的哭泣令他更為激動。

兩個大男人在心裡都以為她被打敗了，有太多可以指控他們的話她反而沒說：指控他們違法才是最容易達到的嚴重後果。她接下來說出的一番話，卻完全沒有把法律的問題計算在內，而是針對她面前這張可恨的、仗勢欺人的面孔，那兩隻冷酷凶狠的眼睛，她心中同時浮現了班赤身露體地在籠子裡哀嚎的模樣，還有那隻白貓，不斷從上頭的籠子裡滴到她毛上的排泄物。她用葡萄牙語說了一句，「Você é gente ruim（你是大壞蛋）。」就算他聽不懂這句話的意思，她語氣中的恨意已經夠明顯。她又再用英文說一遍，「你是壞人。大壞蛋。」

她沒有指責路易士，並不是因為他替那個研究所開脫了所有的罪名，也不是因為她心中藏有政治方面的考量——這個美國人是世界上最強國的人民，這是另外一回事：她對政治毫無興趣。不是因為這些，她就是討厭史蒂芬，她恨他，全憑直覺，就像她一眼就覺得艾力克斯・貝爾是個軟弱的好人，他在她身邊的時候對她很好，一離開馬上就把她忘了。但是這個有名的大教授，他把電線插入母貓和那幾隻小貓的頭顱，觀察牠在餵小貓的時候，糞便滴到牠毛上會是什麼反應，他還讓那些猴子生病嘔吐——她似乎清楚看到了那些伸出籠子求救的小手爪——這個教授什麼都做得出來，從來不在乎那些動物要付出多麼慘痛的代價。他根本是個殘忍無情的怪物。

她仍在啜泣，這些矛盾衝突令她心碎。

路易士說：「妳說班是誰的——他叫什麼名字來著？」

「伊內思——她不是你的朋友嗎？——她肯定知道這個名字。艾力克斯・貝爾。他是美國的電影導演，班跟著他拍片，會成為電影明星。」

「據我所知，電影不拍了。」

「還不一定。艾力克斯現在……」她說出艾力克斯和保羅現在編寫劇本的那個小山村的名字，她相信路易士不可能知道那地方。「他現在去勘景。天氣太壞了，電話線路又不好。他只要來電話，我就會把發生的一切都告訴他，我會跟他說你希望跟他談談班的事。」

她的聲音穩定了。她起身說：「抱歉，我還有事要忙。」

兩個男人慢慢站了起來。路易士照舊沉著鎮定，面帶微笑。另外一個，繼續盯著班的房門，他像一隻紅螞蟻——困擾了很久，她終於明白他像什麼東西了。

她說：「班在睡覺。經過那番折騰，他不太舒服。」她擋在班的房門口。

「妳不可以把班帶出國。」史蒂芬說，一副威逼的口氣。

「他愛去哪就去哪，他有護照。」她說。

路易士對史蒂芬說：「我們該走了吧。」他的語氣擺明著告訴史蒂芬和泰瑞莎，他心中已另有打算。

兩個男人離開了。泰瑞莎鬆了一口氣，她哭了一會，全身都在發抖，因為剛才的抗爭給她造成好大的壓力。她對這些男人太了解了——都是一路的貨色，無所謂誰好誰壞；對她來說，兩個人都有權有勢，兩個人都很像——相信他們很快就會循合法的途徑把班帶走。這次不會是綁架：他們會有法律做靠山，班會被隨便安上一個罪名遭到逮捕。

泰瑞莎利用阿弗雷多和安東尼奧還沒回來的這段時間，為班收拾一些衣物，她輕手輕腳進出他的房間，沒吵醒他——他在睡夢中呻吟。她還為他準備了一件暖和的運動衫和帽子，也為自己準備了一份。

阿弗雷多和安東尼奧回來後，聽她說明了剛才的經過，知道時間緊迫，不能怠慢。

「快，班，我們去搭飛機，離開這兒。」泰瑞莎說，班驚嚇得坐了起來，馬上換上一副熱切的表情。「去找我的族人嗎？現在就去？」

「快走吧，班。」阿弗雷多說。泰瑞莎和阿弗雷多交換的眼神中，有著明顯的無奈：他們該如何結束這個渴切的願望呢？無論如何，一定要的。非做不可。

泰瑞莎在桌上留了封信給艾力克斯，說明她和一個好朋友要帶班去一個安全的地方——她很謹慎，不說出是哪裡，她知道第一個看到信的人可能不是艾力克斯。她請管理員向警方報案有人闖入，同時要他把破門整修好。

就這樣，他們離開了艾力克斯的公寓，坐上安東尼奧的車子：他開車送他們到機場，暫時跟他們說再見，不久之後就會在烏瑪瓦卡再跟他們會面，阿弗雷多準備在那兒找工作；烏瑪瓦卡離胡胡伊不過一兩個小時的車程。

這是一架大型的越洋飛機，專供洲際間來往的乘客搭乘，不過到了聖保羅，他們就改搭一架比較小的飛機，機上乘客感覺也完全不同，每個人的臉上都帶著一副出公差的表情。這架飛機飛得比較低，地面上的風景看得清清楚楚，飛機陰影掠過凹凸不平的地形，那些和泰瑞莎一樣的老百姓在地面上行走，他們抬頭看著飛過頭頂的飛機，這是他們想都不敢想的一種旅遊方式。曾經，泰瑞莎也以為她這輩子永遠不會搭乘飛機。班很感興趣地俯瞰著。除了和強士頓乘著小飛機飛過倫敦上空的那次，這是第一次他在飛機上保持清醒，而且還能專心看著周遭的一切。剛開始聽到泰瑞莎說：「你看，一條大河。」或是：「那是山丘。」他覺得有些困難。他會問：「一條河？那是一條河？」或是：「那是山嗎？看起來好平啊。」不久他漸漸調適好心情，平靜下來之後，他看懂了，他感到開心又驕傲。他臉上不再是平常那種嚇人的咧嘴怪笑，那溫和的笑容似乎在向泰瑞莎和阿弗雷多傾訴他現在的心思。

「我們今天就要去找我的族人嗎？」

「沒有，不是今天，班。他們在深山裡面。」

「就是下面的那些山嗎？」

「不是，比較起來這些都只是小山。你到時候就知道了。」

飛機降落在巴拉圭，旅客上上下下，接著再度起飛，這次他們看到了黃綠色的平原和牛群，很快就要到烏瑪瓦卡了。安東尼奧和阿弗雷多兩人私下做了決定：在這裡跟著礦工、技師和別的採礦工人一起過去，要比直接到胡胡伊來得安全，胡胡伊對於證件的盤查比較嚴格。飛機降落的時候，他們看到地面上有好多人都往礦坑的方向走。在這裡沒有誰管什麼國界，也不會問誰是怎麼過來的：成千上萬的人——有誰能報出正確的數字？——國界對他們來說不過是幾條想像的界線而已。

在小小的機場裡，泰瑞莎正準備拿出身分證明，櫃檯邊的一個男人認出了阿弗雷多：他也曾經在礦場待過。阿弗雷多說泰瑞莎是他妹妹。這個工作人員特別看了班兩眼，揮了揮手就讓他過去了。在這一大票人裡面，班的虎背熊腰倒也不太醒目。

在這同時，他們搭來的飛機開始飛往胡胡伊的短途航程：搭機的多半是到那兒菸草園幹活的工人。阿弗雷多事先打過電話，請朋友開車來烏瑪瓦卡接他們。朋友還沒到。他們就坐在樹下的椅子上等候，好在有這片樹蔭。天氣熱得發燙。泰瑞莎說她頭痛，高度令她受不了。班說他覺得還好：他聽不懂什麼叫做高度，對於高度也沒什麼概念，阿弗雷多指著安地斯山脈，對班說，他必須靠自己想像，想像大海在這些高山的山腳下，現在他要往上爬，數著腳步，一步一步地往上爬。

「那就是我們要上去找我族人的地方嗎？」

「是的。沒錯。」

班坐在椅子上一臉的笑容，嘴裡哼著粗糙難聽的怪聲，跟他熟的人就知道，那是在唱歌。

他們看著人們不斷走過，走向礦場。

「礦場非常需要工人。」阿弗雷多說。「他們也不會問東問西。」

「他們會問你什麼？」泰瑞莎忽然有一種站在懸崖邊上的感覺。「你害怕胡胡伊機場什麼？」

「當初研究所僱用我的時候，問我在哪工作過。我說胡胡伊。我沒提烏瑪瓦卡：不必說的事絕對不要提。所以萬一他們找我麻煩，說我把班救出籠子，開車把他送回里約，他們就會打電話到胡胡伊。不過，我想他們不會這麼費事，我敢說他們對班肯定有更壞的盤算。」

他們是用葡萄牙語對話，班聽到自己的名字，就問：「你們在說什麼？」

「在說我們終於把你從那個地方救了出來。」

阿弗雷多繼續說葡萄牙語，而且用的是家鄉的土話，外地人幾乎完全聽不懂，感覺就像很怕有誰在偷聽似的——實際上，附近一個人也沒有。「還有一件事，泰瑞莎。當初我來礦場是因為惹了一些麻煩。那是七年前的事了。可是紀錄還在——從那時候起，警方就記下了我的姓名。」

他把過去的一段麻煩事告訴了她，這類故事她聽得很多，甚至由她來幫他接下去講都沒問題。

逃離貧民窟對他來說，就跟她當初的情形一樣困難。他加入過街頭幫派，犯過不少竊盜罪，警察都認識他。有天晚上他和某個角頭老大打架——一場刀戰。角頭重傷，只差沒死，明明是對方先動的手，卻把罪全部推到阿弗雷多頭上。

阿弗雷多決心離開里約。三年後，在礦場學得一技之長，也存了些錢，他回來了。過去加入的幫派已經解散——無影無蹤，當初被他重傷的那個男孩也在另一場火拼中死了。成年的阿弗雷多，有責任感有競爭力，很快就找到工作，最後進入了這間研究所。

現在輪到泰瑞莎說出自己的過去，這在她真的很難，她結結巴巴地說著，聲音低到幾乎聽不見。她必須照實告訴這個她深愛的男人，她曾經當過妓女。阿弗雷多顯得很尷尬。他在椅子上坐立不安，甚至有點想要站起來走開。「泰瑞莎，以後再告訴我吧。等妳想說的時候。」

「我必須告訴你。非說不可。」

「聽我說，泰瑞莎，別忘了，我來自貧民窟，跟妳一樣。我知道……我妹妹還在那裡，她目前還出不來。以後我會幫她。」他傾身向前，面帶微笑，執起她的手，她知道這對他是多麼不容易。「我們一起來幫忙她吧，泰瑞莎。」

「你們還在談我嗎？」班又問。

「不是，在談我們的事。」泰瑞莎用英語說。

阿弗雷多的朋友，何西開著車子來了，他們要開九十公里的路程才能到達胡胡伊。兩個大男人坐在前座聊天敘舊，泰瑞莎陪著班坐在後座。她知道他會暈車：那是一輛很破的老爺車。

山脈矗立在他們右手邊，他們正巧走在大山的陰影之下。

「我們明天上去嗎？」班問。

「不。我們還要準備一些上山用的東西。」

「我們什麼時候上去？」

「或許後天吧。」

她很想逼自己說：「聽我說，班，你不了解，我們沒跟你講清楚……」可就是開不了口。我們該怎麼辦？她問自己。我們該怎麼告訴他？

何西曾經和阿弗雷多在烏瑪瓦卡共事過。阿弗雷多和安東尼奧離開後，他去選修了採礦工程的課程，脫離了一般礦工的行列。他在胡胡伊有一棟小房子。有妻子，也在那兒工作。週末他多半會回家陪伴她。今天他老婆不在家，去拜訪親戚。

很整潔的一棟小屋，有三個房間、一間廚房、一間浴室。有電視和收音機。這裡很像阿弗雷多在研究所附近跟人合租的屋子：全世界像他們這類人的房子大概都一個樣。

他們吃過晚餐，電視開著，但沒人在看。班還在夢鄉，兩個男人聊不完，泰瑞莎在一旁看著聽著。她很高興阿弗雷多有這個好朋友——不，有兩個好朋友，這讓她有了幫手的感覺。一個有同性友人的男人，對妻子來說是何等重要，她很清楚。她的父親以前就有不少朋友，應該說很久以前，在他們的村子裡，可是自從來到南方，朋友都沒了，只有妻子。在貧民窟裡，沒有任何男人可以坐下來跟他一起說話聊天，他只能喝酒，一個人喝。就此成了酒鬼。

泰瑞莎自從認識了阿弗雷多，她生活上的重擔和煩惱似乎去了一大半。認識他以後，她甚至無法想像那段靠自己一個人打拚的日子是怎麼過來的。

到了該回房睡覺的時間，阿弗雷多毫無疑問地跟何西一間房，這不只是因為他們還有很多事要談。如果現在，她是單獨跟阿弗雷多在屋子裡……就在這時，他向她舉起手，用微笑道了聲晚安，便跟著何西回房間。她還是必須陪著班，因為他信任她。她想著在艾力克斯的小公寓裡，班有他自己的房間，但現在，房裡擺著兩張床，中間的距離觸手可及。她進浴室換上睡衣，出來的時候發現班和衣躺在床上。她知道他腦子裡已經在開始登山的旅程。他笑嘻嘻地望著天花板，問：「我們一早就出發嗎？」

「不是明天，班。我跟你說過了。」

她關燈上床，心裡想著，自從認識班以來，多半時間他身體都不好，總是害怕、畏縮，從來沒看過真正的他，像現在這樣快樂自信的他。即便在暗濛濛的房間裡，她也看得見他的臉，一臉的笑容。此時此刻她就該說：「班，你聽著，有個誤會……」但時間分分秒秒過去，她沉默無語。

我得先跟阿弗雷多，還有何西好好討論一下，我們一定要想出一個法子來向他解釋；再一想，她又覺得這是什麼荒謬的想法啊。班殷切盼望著見到自己的同類，他絕不會輕易放棄這個夢想。就算他們說：「班，你還是別見他們的好，他們又窮又可憐。」──他還是非見不可的。如果他們假裝在山上隨便找了個地方，對他說：「他們好像搬到別處去了。」班也會繼續尋找，他實在太渴求了。泰瑞莎用力想像那種感覺，想像在這世上，除了自己，再沒有一個像自己一樣的人，自己是絕對地孤立，頂多依靠一些偶然的善心施捨，或是利用，用完即丟──但她怎麼也想像不來，有的只是揮不去的空虛和孤單，惶恐的感覺令她全身冷到想吐。可是我們必須告訴他，必須啊，她就這樣一再重複念叨著，沉沉地睡去，醒來時看見班站在她面前。窗外黃澄澄的月色，把房間照得很亮。班脫去了外套和長褲，當她看到他手裡握著的那個東西時，她忽地坐了起來，厲聲說：「不行，班，不可以，停住。」他朝著她彎下身子，她不知他是想要看清楚她，還是……他站直了，他的手從那慢慢萎縮的陽具上移開。

「你應該回自己的床上去，班。」她說。

他照做，不出聲，很聽話，清醒地躺下來。她也是。他忽然很生氣地說：「麗塔喜歡我。她喜歡我。妳不喜歡我。」

「我喜歡你，班。你知道我喜歡你的。」

她聽見他的呼吸：很像一個快要哭出來的孩子。她想著這個……男人，姑且不管他究竟是什麼——在他心情好的時候身強體壯，充滿了活力——他同樣有著本能；他日常是怎麼解決性和女人的問題呢？麗塔算是很久以前——至少好幾個月前的事了。他躺在那兒抽抽搭搭，八成在想等到他見到了他的族人，就會有屬於他的女人。不多久他鼻息調勻，睡著了。她沒睡。天一亮她就起床換好衣服，進廚房泡咖啡。咖啡的香味喚醒了另外兩個男人。

兩間臥房中間的那道門雖然關著，她還是壓低了嗓門對他們說，他們必須跟他把話解釋清楚，非說不可，繼續隱瞞下去太殘忍。

「他會發現的。」阿弗雷多說。「他自己會明白的。」

「我害怕。」泰瑞莎的意思並不是指她自己，也不是指他們兩個，可是阿弗雷多和何西先後向她保證，如果班生氣失控，他們一定會聯手保護她和他們自己。阿弗雷多看得出她仍然不太放心，他對何西說泰瑞莎很喜歡班，很愛護他。「我也是。他不只是一頭——野獸。」

「他跟我們一樣，敏感得很。」泰瑞莎說。

班笑咪咪地走了進來，像個孩子似的熱切迎接這新的一天，沒等他開口問，「我們今天可以出發嗎？」泰瑞莎就說，今天他們要去採購。

四人一起坐上何西的車子，買了許多上山禦寒保暖的用品，幾只裝水的塑膠罐，每人一條毛毯，還有糧食。就這樣忙了一整個上午。

泰瑞莎又開始頭痛：山區的高度令她暈眩。

何西泡了專治高山症的古柯茶給大家喝。她睡了一下午，那兩個男人外出訪友，班獨自待在客廳裡焦躁不安。

晚餐時，阿弗雷多和何西對泰瑞莎說，他們替她做了一個安排。她可以留在家裡，跟何西的太太作伴，她在胡胡伊上班，每逢週末會在家等著何西從烏瑪瓦卡回來。這天上午，他們倆去看一個在當地電視台工作的朋友——很小的一家電視台，設備規模遠不如里約那邊的電視台，不過只要她有耐心，遲早會謀得一份好差事。另外，還有一家古文物博物館，她也可以去試試。胡胡伊吸引了許多菸草商、採礦人，和各式各樣的專業人士，他們非常需要像泰瑞莎這樣的人照顧他們的日常起居。她的看法如何？她願意待在胡胡伊嗎？阿弗雷多問她，她馬上回答：願意。班像個孩子似的聽著他們的對話，雖然這些話題跟他毫不相干，這時泰瑞莎卻在想，這是她第一次有這樣的想法：班要怎麼辦？如果我們把他送回給艾力克斯，那麼甘拉克教授必然會把他帶走。但總不能叫何西的太太同時也收留他啊。他們幾乎完全沒想過班的未來：他們只是急切地要把他帶離開里約，避開危險。看樣子，現在是要由她來負責打點班的生活了——這表示阿弗雷多也脫不了干係（問題是這關他什麼事呢？）。再不然就是把班直接送回倫敦，送去他時常提起的麗塔身邊。

「我們明天幾點出發？」班問。

「等我們把東西全部裝上車之後。」何西說。

「我們要把這些東西帶去給族人嗎？」

「不，我們自己要用的，」何西說，「山上很冷。」

「他們為什麼要住在那麼冷的地方？」

「你看了就知道。」阿弗雷多頓了一下說，三個人互望一眼，立即別開視線，怕班看出他們的焦慮。他已經看到了：是的，沒錯，班的理解力要比一般人高得多。

「你為什麼這麼說？」他追根究柢，「他們有什麼問題嗎？」

「沒有。」泰瑞莎說，何西及時插嘴說現在時間還不到八點，他們何不去找一間飯店，體會一下胡胡伊的夜生活？

班說他不想去。泰瑞莎說，以前他不是很喜歡坐在里約的露天咖啡座，觀賞形形色色的路人嗎？

這家飯店很差，跟里約海灘上那些豪華大飯店簡直沒得比。為了有別於其他地區，飯店外面有一些彩色燈泡，大廳明亮，擁擠，吵雜。他們四人進去時幾乎沒引起什麼注意，對班來說，這地方全都是像他一樣虎背熊腰的壯漢。飯菜不斷上桌，可是占了一整面牆壁的吧檯才是人們來這兒的目的。沿著吧檯站著的男人大都來自菸草園，一個個色瞇瞇地盯著那些有心勾搭他們的年輕美眉。他們四個好不容易擠到一張桌位，班看上去並不開心：嘈雜的聲音令他難受。泰瑞莎也很難受，以她目前的狀況，頭痛到隨時都想吐。她看著這些大膽的女孩，想著自己從沒如此囂張聒噪過，這是她絕對可以肯定的；

她告訴自己，她們八成也像她一樣，有家要養——她真不該來這兒的。這時她突然看到一個年輕的女人，她清楚記得她第一次穿上新衣，利用那家飯店外面的咖啡座釣客人的時候見過這個女的。她很擔心對方認出她，過來跟她打招呼，何西就會明白她的底細。那對阿弗雷多不好，會讓他很沒面子。她不自覺地縮到阿弗雷多背後，阿弗雷多注意到了，他抬眼一看便懂，他對她說他們沒必要在這裡待太久。在這同時，有個女的在吧檯跟何西搭訕，這女孩顯然跟他很熟：兩個人打得火熱。

「何西結婚多久了？」泰瑞莎問，阿弗雷多大笑，她說：「如果要我在里約等你，我會吃醋的。」

她以為班不懂這些，不料他說：「為什麼，泰瑞莎？妳為什麼要吃醋？」

「說著玩的。」泰瑞莎眼睛瞄著何西跟那個女孩說。緊接著她就衝著阿弗雷多，壓低了聲音，「我可是認真的啊。」

「有妳在，我不會有這些麻煩。」阿弗雷多說。

正說著，何西回到座位上，他給自己和阿弗雷多拿了啤酒，給班一杯果汁，給泰瑞莎古柯茶。「明天會很累。」他對她說。「我們要爬到更高的地方，不喝這茶妳會撐不住。」

「我的族人喝不喝這茶？」班問。

「按你的情況來看，他們用不著喝。」何西說。「你這肺是從哪裡來的？」說完他意有所指地哈哈大笑，接著說：「我說得好像他們真存在似的。」這句話他是用葡萄牙語說的，方便他跟泰瑞莎和阿弗雷多分享這個殘忍的笑話。班聽不懂葡萄牙語，但他似乎聽出了話中有話。「你們幹麼笑？」他對何西說。他果然起了疑心。

「我們在講不雅的笑話。」何西先用英語回答，再改用葡萄牙語說：「這個班可是機靈得很。」

「你在說什麼？你為什麼提到我的名字班，你在說我什麼？」

「沒什麼。」泰瑞莎說，心裡怪罪這位何西太不顧及旁人的感受，不像阿弗雷多。她更加覺得班不應該在這種情況下，這種輕蔑刻薄的情況下知道真相。

「你們究竟在說什麼？」班輪流看著他們的臉，追問。

時機到了，她應該趁勢說：「班，有個誤會……」可她就是說不出口。她不吭聲。

阿弗雷多顯得很不自在，一臉的歉意——向著她，彷彿這份尷尬傷害到的人不是班，而是她。何西又回吧檯找——相熟的——那個女人說話，泰瑞莎再次斷定何西不是阿弗雷多。

阿弗雷多對何西說他們該走了，他知道泰瑞莎不喜歡這個地方。何西哪裡會注意到這些。可憐的班悶悶不樂地坐著，用懷疑的眼光看著周遭，現在跟他為敵的彷彿不只是眼前的三個人，而是這裡的每一個人。泰瑞莎經過里約來的那個女孩，忽然覺得過去的點點滴滴像伸著觸角似的把她拖了進去。她和阿弗雷多兩人走向停車的位置，班跟在後面，猜疑地看著他們，阿弗雷多一手攬住泰瑞莎說：「妳會跟著我吧，泰瑞莎？妳願意嗎？等下了山我們就結婚。」

他用葡萄牙語說完這幾句話，再改用英文對班說：「我和泰瑞莎就要結婚了。」班沒有回應。那班怎麼辦呢？泰瑞莎想著。假如我一直要照顧班，阿弗雷多想必就不會要我了。

他們回到何西的家，班說他要上床睡覺，泰瑞莎擔心他的感受，便跟著他進房間躺在黑暗中。班沒有睡著。她看得見他眼裡閃爍不定的光。他沒說話。

她聽著隔壁房間那兩個男人在說話，腦子裡似乎也看得見他們的模樣。他們倆太不同了。何西是個緊張型的瘦子，一張瘦到見骨的臉，一對機靈的眼睛。他的皮膚即使經過曝晒依舊蒼白，甚至連淺褐色都談不上，不像她和阿弗雷多。她想著，我們的孩子一定很好看。他們會長得像我和阿弗雷多的綜合版。我們是很漂亮的民族。何西很醜，因為他的人生有一段時間過得很辛苦，沒飯吃。這從他營養不良的外表看得出來。我們，我和阿弗雷多，在大乾旱發生前至少有飯吃，而且吃得飽。我們倆的孩子也一定會很健康。她想像著阿弗雷多看到他們第一個孩子時，臉上的表情。就在這些自得其樂的想法持續的同時，她的心也在為班焦慮不已。

第二天早上班很安靜，沒有問任何問題。他們在搬行李上車的時候，班站在那裡眺望遠山，在心事重重的凝望之間，偶爾也會轉頭看看他們，他的眼神困惑、戒備。他帶著怒氣，蹬著腳跳起舞來，不時發出短促的怒吼聲，一直跳到車子裝備好，屋子上鎖為止。他停了下來，凝視著遠方的山峰，那些暗黑無情的高峰。他臉上的表情令她不由自主地走上前，伸出手，小心謹慎地按著他的手臂，唯恐他生氣。他對她那隻疼惜他的手毫無反應：他不動，只是瞪眼望著，他的眼神在痛苦和失落中黯淡無光。

泰瑞莎用心地想。他知道了。他肯定是知道了。不知怎麼地，他現在什麼都知道了。

因為怕暈車，這次泰瑞莎坐在前座，又因為知道班也會暈車，就由阿弗雷多陪著班。從他的坐姿，泰瑞莎看得出來，只要班再有怒氣失控的情況，阿弗雷多馬上就會出手制伏他。

路面起初很寬，沿途還有街市和旅館，隨後路愈來愈窄，開始爬坡了。空氣變得鬆鬆脆脆的，很稀薄。泰瑞莎已經沒時間管其他的事，只顧著暈車，和高山症引發的一波接一波劇烈的頭痛。道路順著山坡蜿蜒向上，忽然又急轉直下，這些道路仍屬於半山腰，還看得到一些樹林，愈往上樹木愈稀少，路上漸漸看不見任何樹蔭。現在他們已到達林木線之上。天氣愈來愈冷，他們不得不停下來添加衣物，在厚毛衣外面再加上厚外套。班站在車子邊上，不斷往上、朝四周看，看邊坡，看山峰，看石頭山谷，就是不見人影，也沒有房舍。近黃昏時，他們來到這條路上的最後一家旅館，過了這間店，就是崎嶇不平的山路了。這家旅館專供採礦、登山和測量的人投宿。現在他們是這兒唯一的客人。泰瑞莎只在乎車子終於停了，她終於可以閉著眼睛坐一會。班沉默不語。他站在每個窗口抬頭仰望。阿弗雷多先去點餐——選擇合宜的、清淡的，為了高山症的緣故。四個人心懷感激地喝著旅館為他們準備的古柯茶。他們正在標高超過一萬六千呎的高山上，唯一沒有感覺高山症候的只有班。

「因為你的胸腔啊。」何西說。「這個地區的人個個都有像你一樣的胸腔，空氣太稀薄了，你們必須要有很大的肺活量。」

「誰，什麼叫個個？他們在哪裡？」班問。「這裡根本沒有人啊。」

寒冷的夜晚，窗外雲深不知處。大家早早上床，何西和阿弗雷多，泰瑞莎和班。泰瑞莎醒著，因為頭痛，班也醒著。房間裡很黑，很悶，屋外白色的霧氣在店門口掛燈的照耀下，送進來一縷縷灰白的光線。泰瑞莎想著，如果現在告訴他，讓他知道他的同類、他的族人其實並不存在的事實，或許配得上他現在的心情吧。

他們起得很早，太陽在稀薄乾爽的空氣中扎扎實實照射著岩壁和山峰。沒有一丁點的雲或霧。吃早餐時，來了兩個男的；他們計畫攻頂，須得趕在天黑之前回來。「天黑之後，在這兒迷路可不是好玩的。」他們說。

現在，重新整裝待發。他們保留了一間房，把不需要背負的東西暫放在這裡，從現在起他們只能徒步行進。車子上鎖，停放在店東隨時能照看到的地方。每個人各揹一個背包，裡面裝了禦寒的衣物、水、食物；何西還帶了一只小爐子和平底鍋。

他們並沒有再往上爬，只保持在大抵相同的高度上走著。何西這次倒是顧慮到班了，他謹慎地說，今天肯定到不了。對於今天到不了目的地的說法，班沉默接受：他環顧著周遭綿延的山嶺，很難從他臉上讀出什麼。但是泰瑞莎相信她看懂了，她含著淚，別過頭去。就在出發前，他們四個看著新來的那兩人開步往上爬，爬上那一片把旅館擋在陰影裡的陡峭山崖。

這一夜他們希望能找到登山客們留宿的小茅屋過夜，明天早上再去尋找阿弗雷多記憶中的那塊岩壁。他們穿上了最厚的毛衣和羽絨外套，還戴上墨鏡。起初他們走的山路夠寬，一頭驢子或騾子通過也不成問題，過後就是狹小的山徑，有時候向陽，有時候陰暗。每到分岔點，阿弗雷多就會停下來確認路線：他和何西因此常常起爭執。何西說他們應該選擇經常有人走的路徑，「那才是攀岩者們常走的路。」他所謂的攀岩者，指的是那些把深山裡的古物帶去山下，給胡胡伊博物館的那些考古學家和古生物學家。他問阿弗雷多，為什麼他發現的那塊特別的岩壁（他把它稱之為「你的美術館」）到現在都沒被人發現。

「你看了就知道。」阿弗雷多說。

這些話他們是用英語在班面前說的，他卻沒有發問，只是跟著走在阿弗雷多後面的何西走著。泰瑞莎殿後，方便她照看班。她確信班已經知道真相，只是這一刻他那張滿是鬍子的臉竟又露出渴望又奇妙的表情，她感覺就像在看一個孩子，對明天所應許的奇蹟寄予無限的期待，只是一轉眼，那渴望的神情就消失無蹤，只剩下哀傷。

雖然他們沒有往上爬，這一天還是累得可以。有時他們沿著峭壁之間幽暗的小路前進，有時走在懸崖的邊緣。他們——除了班——不僅胸口痛，頭也痛，儘管有何西帶的用保溫瓶裝著的古柯茶。下午三點多他們到了小茅屋，那不過是一個用木頭胡亂搭起來的棚子，這些建材八成是靠牲畜運上來的，因為附近根本沒有樹木。阿弗雷多說他記得這間小屋，當年的屋況比現在好很多：原木架構之間有許多裂縫，屋頂的石板也有些脫落。這小屋已很久沒人來了，只有一些小動物留下來的糞便。他們把這地方打掃乾淨，把行李什物堆靠在牆邊。何西出去撿了一些小樹枝和青苔，這些生火的材料得之不易，他們決定熬到天黑再用。由於四周山峰圍繞，黑夜降臨得特別早，所幸阿弗雷多還來得及搶到一點時間，先為明天的路線做一番探勘：在岩石之間爬來爬去，在山壁和斷崖邊緣停留。等到寒氣逼人，日頭也不見蹤影的時候，他們返回小屋，把毛毯在小火堆旁圍成一圈。因為高度，大家的腦袋都在嗡嗡作響，沒有人有什麼胃口。其中三人都提心吊膽，等著班開口問：「我的族人在哪裡？我們要去哪裡找他們？」

阿弗雷多帶了小收音機，效果不怎麼好。斷斷續續、有氣無力的音樂聲從遠隔上萬呎的山下傳過來：很多雜音，男女聲都有，還聽見一些零星的新聞播報，幾句歌詞——他們乾脆把它關掉。

火很小，只看到原木的牆上搖曳著丁點的光影。從木頭的縫隙中，看得到冷冷的寒光。他們走到外面，全被眼前的景象震懾住了。深山裡完全沒有空汙，滿天寒星閃爍著藍、紅、黃的光芒，籠罩著他們，橫越夜空的銀河有如一條無垠的大道。望著這般晶瑩剔透的星空，記憶彷彿回到了從前。大家懷著崇敬的心，誰也不說話，忽然，他們聽見班唱起了不成調的歌，看見他開始擺動身子——他在對星星唱歌舞蹈。

「它們在說話！」他嚷著。「它們在對我們唱歌。」

他們敞開心胸試著去聽見班所聽見的，三個人似乎聽見了一些清脆的耳語，一絲碰撞的鏗鏘，班的興奮卻是渾然忘我，「星星在唱歌，它們在唱歌！」

他不停舞著，一會兒彎腰，一會兒躬身，一會兒對著星星伸展雙臂，跺腳踢腿，不停地旋轉。三個旁觀者冷得全身發抖，緊緊裹著毯子。

他繼續跳著：不停地跳，他們真心以為他會一直跳到精疲力竭倒下去，倒在小屋外，倒在高聳入星空的巨石和峭壁之間。

感覺不知過了幾個小時，他們從發抖到麻木，先是泰瑞莎，接著是另外兩個男生，先後退回到小茅屋裡取暖。他們隔著縫隙看班在星空下舞動，聽著他對夜空唱讚美的歌。

後來他終於安靜了，他們走出來，看見他展開雙臂站在那裡，仰著頭，無聲地望著，望著。璀璨的夜空似乎改變了原有的圖形，班站著的這片空地上星光慘澹。他在出神，也或許是忘我吧，終於他把手臂放了下來，靜靜地站著，渾身發抖。泰瑞莎帶他進屋子，拿毯子裹著他。他坐在她替他安頓好的位子上，盯著微弱的餘火，又低聲哼起他那不成調的歌。他離他們很遠，離他們的意識也很遠。他們壓低了聲音說話，不想驚擾他。他們沒睡覺，整夜守著他。

早晨他們開了門，小屋依然在陰影中，山峰之間的天空漫著金光和粉彩。

他們三個喝熱茶暖身體，再到戶外走動活絡凍僵的筋骨。班除外，他還迷失在他們一無所知的美夢中。他們把所有的東西留在小屋裡，排成一行走上狹窄的山路，一邊是高聳的黑色懸崖，一邊是直通到谷底的黑色山岩。一隻禿鷹輕巧地在他們上方盤旋，看他們沿著無處著力的山徑前進。走了一兩小時之後，阿弗雷多說：「就這兒。我記得。」他忽然向右轉，穿過崖壁的一道裂口，他們必須手腳並用，又爬又攀，只能靠崖壁上一些細小的突起物做支撐。不久，他們便進入了一塊很大很平坦的空地，四面盡是高聳的斷崖。在他們面前，是一整片高大的岩石面。現在時間大約是上午十點。太陽光照在他們進來時的另一塊石屏風上，抬頭就是陽光燦爛的天空。阿弗雷多沿著這片岩石底部打轉，靠近……後退……再往前，搖了搖頭……轉過這一邊，又換到另一邊，嘴裡說著，「不對，不是這兒，對了，就是這兒——」他走開，又再走回來，忽然，一道微弱的光從山峰射過來，瞬間增強，直達這塊岩石的邊緣。

頓時一個人形在黑亮的岩石面上浮現，隨著增強的陽光，其他人形也在陽光的帶動下一一出現。這道光束變成了一大片的光華，所有的人形就此全部現身，活脫是一座藝術畫廊，班的族人。他向前跨出一步，再一步，站在岩石前面，其餘三人待在後面不動，這是他獨享的時刻。這時太陽光極強，照亮了整片岩石，岩面上畫滿了圖畫，起碼有四十個人，其中有好幾個的樣子就像班，只是穿著不同。那一條條的東西是樹皮嗎？還是毛皮？那確實都是衣服，那些柔軟下垂的皺褶，中間還繫著腰帶，肩膀上搭著金屬搭釦。衣服色彩繽紛，不只是灰色和褐色，還有紅的、藍的、綠的。這些人都長髮披肩，比班現在的頭髮還要長，胸部很大。都留著鬍子，不過不是全部，那些沒鬍子的八成是女性；她們沒有鬍子，體型較小，身材也比較細緻，同樣也是穩穩地站著。他們沒拿武器，倒是有幾個拿著像樂器的東西。班目不轉睛地看著。他在想什麼其餘三人誰也不知道，但是他們心跳得厲害，當然不光是因為山的高度，而是不知所措，擔心害怕著他的感受。班走向前，用手撫摸著其中一個女性的輪廓，這女的看起來像是在對他微笑。他彎下腰湊近前，用鼻頭愛撫她，用鬍子磨蹭她，一面發出短促的，像是在打招呼的呼喊聲。

沉默，可怕的沉默。他們刺耳又吃力的呼吸聲更凸顯了它的可怕。

班仍舊背對著另外三個人。他站在那裡，愛撫著這個在黑色岩壁上朝他微笑的女人。這時陽光減弱了，漸漸地悄悄地從岩壁上溜走，岩壁上的人也隨之一個接一個消失不見。很快地，只剩下了最邊緣的幾個人形，班還是站在那裡，愛撫著那個女人。這時陽光離開了她，只聽見他哀號一聲，飛身撲向岩壁，整個人蹲在那裡。

太陽隨興自在地離場了。所有的圖畫消失。越過班蹲縮的背影，他們三個還能看見，很用心地盯著看，在泛著餘光的岩壁上，依稀存有方才栩栩如生的那些輪廓。無怪乎一般人走過這裡什麼也看不見——除非運氣特別好，剛好抓對了時間，陽光又剛好落在某個特定的角度上。

班站了起來，仍舊背對著他們：一時間他還不想面對他們。他被這三個自詡為是他朋友的人耍了這麼久——他肯定是這個感覺；他們也害怕，害怕接下來不知道會看到什麼。他沒有轉身，他的人好像掛在岩壁上似的，握著拳頭巴在上面。過了一會，他轉過身來，相當費力地轉過身來：看得出這對他來說多麼困難。他看起來似乎變得比以前矮小，可憐的東西。他的眼神中沒有責難：他甚至沒在看他們。

泰瑞莎大著膽子走向他，一手攬著他，他沒感覺，也好像不知道有她在。他在她身邊東倒西歪地走回小屋。路程很長，走過那條底下有斷崖的小徑，他也沒停下來往下看，只是由著泰瑞莎拉著他繼續向前走。回到小屋，他們朝小火堆裡添加一些燃料，泡了茶，也給了他一杯。他對他們視而不見。然後——事情來得太突然，一開始他們竟無法動彈——他毫無預警地離開了他們，朝著剛才走過的路徑連蹦帶跳地跑回去。一陣靜默。泰瑞莎回過神，正要追上去，阿弗雷多及時伸出手臂，摟著她說：「泰瑞莎，隨他去吧。」

他們聽見一聲喊叫，同時有好多小石塊滑落的聲音，接著，靜默。

他們很慢很慢地站起來，很慢很慢地跟上去。他們小心翼翼地來到有斷崖的小徑。班在那裡，斷崖的最底下，只看到一堆色彩鮮豔的衣服。他的黃頭髮就像山上的一叢野草。

他們三個顫巍巍地站在小徑邊緣，往下探看，三人伸長了手臂互相扶持，保持平衡。一陣強風從前方山徑轉彎處的開口刮過來，風勢太過強勁，他們只能退回窄到幾乎沒有立足點的小徑，背部緊貼著山壁。他們看不到班了，眼前只能看到山谷另一邊聳立著的懸崖峭壁。

阿弗雷多說：「等回到旅館，我們就可以打電話給甘拉克教授，把事情經過告訴他。」

「我來打。」何西說。「他不認識我。我不會提起你和泰瑞莎。」

「他一定會對你大發脾氣。」阿弗雷多說。「你就告訴他，就算畜生也有自殺的權利。」

「他們至少要花一兩天的時間才能進到山谷——他們需要騾子才行。」

阿弗雷多說：「那些禿鷹留給他們的大概不會太多了。」

禿鷹來了。從他們後面的山峰出現，牠掠過他們，筆直地往下飛，然後就在山谷的上空盤旋。他們看見牠的背上陽光十分耀眼。

「放心，」何西說，「他們只要一小塊手指骨就能研判出一整個人了。」

「他們想要知道的是他在山上做什麼。」阿弗雷多說。

「你打算帶他們去看岩畫嗎？」何西問。

「讓他們自己去找吧。」阿弗雷多說。

又一隻禿鷹從山頂飛向山谷。

泰瑞莎沒有加入討論。

何西說：「泰瑞莎，妳傻呀，哭什麼？這是好事，班做了一件好事。」

阿弗雷多說：「泰瑞莎知道。」

「是的。」泰瑞莎接著又補上一句，「我知道他死了我們也輕鬆了，不必再為他擔心了。」

【專文解析】

被世界遺忘的孤兒
——多麗絲・萊辛筆下的浮世畸零人

◎陳艷姜（美國多麗絲・萊辛學會祕書、中山大學外文系副教授）

多麗絲・萊辛是一位很獨特的作家，二○○七年獲諾貝爾文學獎時已經高齡八十八歲了，她一生的傳奇際遇，也不亞於小說中的曲折故事。而特別令人驚豔的是：她不吝把自己的人生揉合於她筆下的小說中，六○年代的經典巨著《金色筆記》即見證了她的個人經驗與大時代的洪流如何緊密契合，而造就一本偉大的作品，永傳於世。

萊辛生為白人，成長於非洲，並支持當地黑人平權運動，從青年時期就參與了左派政治團體，卻於中年看破政黨的虛偽，而在諸多著作中揭露政治的醜陋面向。身為著名女作家，時常著墨現代女性的問題和苦惱，卻拒絕被貼上「女性主義」的標籤，只因她認為許多女性主義者的想法太狹隘。同時，女性的身分並未限制她的經歷與想像，她筆下的故事不限於傳統女作家擅長的親情或愛情，她勇於思索人生，突破傳統的觀念，質疑一切既成的偏見，例如父權社會重男輕女的偏見，文學寫作上客觀描述是否優於主觀感受；又例如：公理正義是否就是年輕人革命的動機？科學是否是二十世紀的迷信？宗教該被宗教派系團體壟斷而窄化嗎？西方的文明起源於古希臘、羅馬嗎？非洲與東方難道沒有更早的文明起源？

萊辛筆耕了六十年的可觀作品中，《第五個孩子》與《班，無處安放》無疑占了一席之地。兩部中篇小說篇幅不長，敘述結構也不複雜，後者為前者出版十二年之後的續作，這是萊辛著作中少見，也是一般一流名家中少見的情況。主角班在《第五個孩子》中，是個被家庭和學校都遺棄的孩子，因為他出生就與眾不同，外形像怪獸，智力有限，又有暴力傾向，原本和樂的家庭被他搞得人心惶惶，學校也拿他束手無策，於是他帶領一些輟學的少年四處遊蕩、偷竊作亂。在母親海莉的預測中，班終究會和他那群少年離家出走，而海莉也會搬家，班可能再也回不了家了！出乎意料地，《第五個孩子》這本小說廣受讀者喜愛，多年後仍有不少讀者問萊辛：「班後來怎麼樣了?!」彷彿班是一個活生生的人，而不是小說的虛構角色。於是十二年後，萊辛才出版了續作《班，無處安放》。小說始於班十八歲了，縱然已成年，他仍然缺乏足夠的智力與世故能應付社會的爾虞我詐，離家出走後，他四處打零工維生，卻一直被剝削、騙錢，即使他可以以暴力解決對方，但他幸有足夠的自制力，並害怕萬一出事，會被關入監牢。班想念母親，深知她是家中唯一善待他的親人，後來他也幸運地偶遇一位八旬老婦畢格斯太太，她帶他回家，照顧他，並對他說：「你是個好孩子，班。」後來班也照顧年邁的畢格斯太太，並得到鄰居的讚揚。奈何快樂的時光很短暫，她老病去世，班又落到壞人的算計中……

這兩部作品有許多相異之處，前作背景限於英國的家庭和學校，續作則遍及歐洲和南美洲。前作的情節圍繞在洛瓦一家如何在班的出世後逐漸分崩離析，以致班最終離家出走；而續作則描述成年的班如何在社會的夾縫中求生存，在惡人的欺騙利用下，飛越半個地球，最終死於南美安第斯群山中。前作的敘事觀點多半採取母親海莉對班的觀察與矛盾的感情，續作則有不少班自己的想法與感覺。即使他已成年，十八歲看起來像中年人，但囿於他的弱智，他自知無法適應世俗，於是經常處於害怕和懷疑的情緒中，讓讀者不禁心生憐憫，時而為班憂慮他的處境。儘管世情險惡，班仍在巴西認識了善良的泰瑞莎，她盡心照顧他，但卻無能為力，無法完全保護班，最終雖然從殘酷的科學家手中救出班，仍然無法避免最後的悲慘結局。人性之惡，在萊辛的筆下顯露無遺，但大愛與同情也同時並存，讓讀者不至於感到絕望。

《班，無處安放》中，最令人心酸的主題就是「回家」。小說中，班不斷地想回家，其實他已經無家可歸了，父母親早就搬了幾次家，即使班努力地找過母親，然而一看到母親身邊有他最厭惡的哥哥保羅，他就打消了入家門的念頭。後來班被騙到法國、巴西，明知周遭的「朋友」並不打算帶他回英國，他仍心心念念：「我要回家，他在腦子裡不斷重複默念著。回家，回家。」最後，他的家不再是洛瓦一家人，也不是暫住的畢格斯太太的家，更不是倫敦或英國，而是他的「族人」，因為他明知自己跟其他人都不同。班一直感到孤單寂寞，與世隔絕，正因為他從沒有見過任何一個跟他相像的人，直到阿弗雷多告訴他見過像班的人，他才激動落淚，一心要跟著阿弗雷多去深山找他的「族人」，然而他的「族人」不是活在現世的人，而是深山大石上的畫像、遠古時代的人，早已不存在了。

萊辛的作品不只是曲折有趣的故事，也不僅剖析人性或人生，她對於世界事物的觀察洞見往往令人印象深刻。在《第五個孩子》中，萊辛明顯地諷刺，八〇年代英國保守黨執政下的傳統家庭價值，當班這樣異於常人的小孩出現在一個原本正常、健康又幸福的大家庭後，所有的人能想到的解決方法就是把班丟到所謂的療養院，其實根本就是任其自滅，不管不顧。萊辛諷刺學校系統，學校對班視而不見，假裝他沒有太大的問題，於是班在學校根本學不到什麼，而校方只希望班畢業，送走這個大麻煩就沒事了。而在《班，無處安放》中，萊辛更諷刺資本主義社會的墮落，販毒致富，賣淫求生，連風光的電影產業都少不了一堆膚淺庸俗的編劇，導演以拐騙剝削的方式坑賣了班這個無辜的受害者。就連崇高純粹的科學都沾了嗜血的毒，美國的知名教授綁架班到山上的「研究所」，把他關入籠子，打算解剖研究班，就像他們以科學之名，殘忍地拿貓、狗、兔子和猴子來做各種實驗一樣。

班短暫的一生讓讀者除了同情悲憫外，也能反思許多相關的議題，例如：婚姻是建立於愛與性之上，還是基於男女被父權制度洗腦而渴望，幻想出一個所謂的幸福大家庭的遠景？而所謂「正常」的小孩是什麼樣子？「不正常」的小孩又該如何對待？班的哥哥姊姊們對他毫無愛心，但他們都被社會接受為「正常、健康」的孩子；班其實很善良，且能學會如何服侍年老病弱的畢格斯太太，卻被視為「不正常」。此外，人與野獸到底有何差異？人性與獸性的界線在哪裡？小說中的壞人都很聰明，可以算計、陷害他人，而班雖然弱智，他不會主動傷害他人，並且知恩圖報。雖然班身上性與暴力的本能比一般人強烈，但他的自制力也足以使他不至於強暴女人或打死害他的男人。又例如：所謂自然與文化之間的差異又在哪裡？自然就等於野蠻，文化就高尚了嗎？

萊辛自己曾在訪談中提及她寫這兩本小說的想法，其一是，一種面對現實中的恐怖與黑暗而產生的無助感。現代科技文明的進步，讓我們以為我們多多少少可以控制一些事物，但其實我們無能為力，很多事件的發展終於失控。她的說法，讓我想起她在許多作品中描述的戰爭後遺症，人類在歷史洪流下數以百萬計的犧牲，究竟是歷史的必然，還是偶然？其二是，人們往往只看到對立、矛盾，卻忽略了大家的共通處。我們把彼此分化為白人／黑人，男人／女人，這個主義／那個主義，此宗教／彼宗教，等等，但是本質上有很大的差異嗎？萊辛曾言：她拜讀了許多不同宗教的經典，最終發現所有宗教的教義其實大同小異，我們為什麼不能珍惜彼此，和平相處？「本是同根生，相煎何太急」？

萊辛不但擅於講故事，更有民胞物與的熱情和洞悉人性的智慧，她的作品往往反映時事，並且高瞻遠矚，讓讀者不但享受了閱讀的樂趣，更可能改變自己的思想。莫怪有許多讀者，包括一些成名的作家，明白表示：萊辛的作品改變了我！

國家圖書館預行編目資料

班，無處安放 / 多麗絲. 萊辛(Doris Lessing)
著 ; 余國芳譯. -- 初版. -- 臺北市 : 寶瓶文
化, 2020.06
面 ; 公分. -- (Island ; 300)
譯自 : Ben, in the World
ISBN 978-986-406-194-5(平裝)

873.57　　109008426

Island 300

班，無處安放

作者／多麗絲・萊辛（Doris Lessing）
譯者／余國芳

發行人／張寶琴
社長兼總編輯／朱亞君
副總編輯／張純玲
資深編輯／丁慧瑋　編輯／林婕伃
美術主編／林慧雯
校對／林婕伃・陳佩伶・劉素芬
營銷部主任／林歆婕　業務專員／林裕翔　企劃專員／李祉萱
財務主任／歐素琪
出版者／寶瓶文化事業股份有限公司
地址／台北市110信義區基隆路一段180號8樓
電話／(02) 27494988　傳真／(02) 27495072
郵政劃撥／19446403　寶瓶文化事業股份有限公司
印刷廠／世和印製企業有限公司
總經銷／大和書報圖書股份有限公司　電話／(02) 89902588
地址／新北市五股工業區五工五路2號　傳真／(02) 22997900
E-mail／aquarius@udngroup.com

著作完成日期／二〇〇〇年
初版一刷日期／二〇二〇年六月二十九日
ISBN／978-986-406-194-5
定價／三三〇元

AQUARIUS 寶瓶文化事業

愛書人卡

感謝您熱心的為我們填寫，
對您的意見，我們會認真的加以參考，
希望寶瓶文化推出的每一本書，都能得到您的肯定與永遠的支持。

系列：Island 300　書名：班，無處安放

1. 姓名：__________　性別：☐男　☐女

2. 生日：____年____月____日

3. 教育程度：☐大學以上　☐大學　☐專科　☐高中、高職　☐高中職以下

4. 職業：__________

5. 聯絡地址：______________________

   聯絡電話：__________　手機：__________

6. E-mail信箱：__________________

   ☐同意　☐不同意　免費獲得寶瓶文化叢書訊息

7. 購買日期：____ 年 ____ 月 ____日

8. 您得知本書的管道：☐報紙／雜誌　☐電視／電台　☐親友介紹　☐逛書店　☐網路

   ☐傳單／海報　☐廣告　☐其他

9. 您在哪裡買到本書：☐書店，店名________　☐劃撥　☐現場活動　☐贈書

   ☐網路購書，網站名稱：________　☐其他________

10. 對本書的建議：（請填代號　1. 滿意　2. 尚可　3. 再改進，請提供意見）

    內容：______________

    封面：______________

    編排：______________

    其他：______________

    綜合意見：______________________

11. 希望我們未來出版哪一類的書籍：______________________

讓文字與書寫的聲音大鳴大放

寶瓶文化事業股份有限公司

（請沿此虛線剪下）

廣　告　回　函
北區郵政管理局登記
證北台字15345號
免貼郵票

寶瓶文化事業股份有限公司　收

110台北市信義區基隆路一段180號8樓
8F,180 KEELUNG RD.,SEC.1,
TAIPEI.(110)TAIWAN R.O.C.

（請沿虛線對折後寄回，或傳真至02-27495072。謝謝）